cDv
DRESSLER

Michael Morpurgo, einer der bekanntesten britischen Kinder- und Jugendbuchautoren, ging in London, Sussex und Canterbury zur Schule, studierte in London und wurde Lehrer. Er ist Mitte fünfzig, hat drei Kinder und vier Enkelkinder und lebt mit seiner Frau in Devon. Morpurgo veröffentlichte in Großbritannien bisher nahezu fünfzig Bücher, die vielfach preisgekrönt, übersetzt und zum Teil verfilmt wurden. Auch in Deutschland werden seine Bücher viel gelesen und gelobt; *Das Gepenst mit den roten Augen* wurde für den Deutschen Jugendliteraturpreis nominiert.

Michael Morpurgo

Der verborgene Schatz vom Big Hill

Deutsch von Yvonne Hergane

Cecilie Dressler Verlag · Hamburg

Für Alice und Lucie –
herzlich willkommen auf der Welt

Die Bücher von Michael Morpurgo im Dressler Verlag
Das Gespenst mit den roten Augen
Großvater auf Probe
Kensukes Königreich
Die Sache mit Billys Knie
Die Schwarze Hexe
Der verborgene Schatz vom Big Hill

Die englische Originalausgabe erschien 1996 im Verlag
William Heinemann Ltd, an imprint of
Reed International Books Ltd, London,
unter dem Titel *The Ghost of Grania O'Malley*
Aus dem Englischen von Yvonne Hergane
Einbandgestaltung von Konstantin Buchholz
Satz: Utesch GmbH, Hamburg
Druck und Bindung: GGP Media, Pößneck
Printed in Germany 2001
ISBN 3-7915-1350-8

Smiley

Auf dem großen Mooreichenfeld, wo das Torf für das Feuer im Winter gestochen wurde, fand Jessie immer wieder Knochen. Und ihr Vater fand hier meistens das Holz, das er für seine Holzskulpturen brauchte, für seine »Geschöpfe«, wie er sie nannte.

Jessie kam immer allein hierher, stapfte stundenlang herum. Sie hatte jede Menge Knochen, aber trotzdem suchte sie immer weiter nach neuen. Meistens waren es einfach Schafsknochen – Schädel, Kieferknochen, Schienbeine, Rippen. Sie hatte auch alle möglichen anderen Schädel, von Spitzmäusen und Vögeln. Aber ein Schädel war etwas ganz Besonderes – weil er nämlich ein Menschenschädel war, da war sich Jessie sicher.

Sie sagte keinem Menschen ein Wort darüber, sondern bewahrte ihn mit allen anderen Stücken ihrer Sammlung in der verfallenen Hütte unterhalb des Mooreichenfeldes auf. Außer ihr kam nie jemand hierher.

Sie nannte den Schädel Smiley, weil er sie ständig angrinste. Smiley bekam einen Ehrenplatz in einer Wandnische und von Zeit zu Zeit sprach sie mit ihm und vertraute ihm ihre Sorgen an – sie hatte jede Menge Sorgen. Smiley hörte ihr zu, sah sie nur an und sagte nichts, und das war genau das, was sie wollte.

Aber im Laufe der Zeit bekam Jessie ein immer komischeres Gefühl wegen Smiley, und eines Tages, da war sie schon neun Jahre alt, erzählte sie Pater Gerald bei der Beichte davon, einerseits, weil sie sich wirklich Sorgen machte, und andererseits, weil ihr keine anderen Sünden einfielen, die sie beichten konnte. Wenn sie ihm erzählte, sie habe nichts zu beichten, glaubte er ihr nicht, das hatte sie schon mal versucht. Also platzte sie mit der ganzen Smiley-Geschichte heraus; aber sie hörte seinem Tonfall an, dass er dachte, das sei wieder nur eine der typischen kleinen, harmlosen Lügen von Jessie Parsons.

»Knochen sollten in geweihter Erde begraben und in Ruhe gelassen werden, Jessie«, sagte er mit seiner Brummbassstimme. »Dann können die Seelen der Verstorbenen in Frieden ruhen.«

Also grub Jessie in einer dunklen Nacht, während die Eule aus der verfallenen Abtei herunterschrie, ein kleines Loch in den Boden unterhalb der Abteimauern, nahm flüsternd von Smiley Abschied, bettete ihn sorgfältig in die feuchte Erde und deckte ihn zu. Danach fühlte sie sich wesentlich besser, und obwohl sie ihn noch lange vermisste, sagte sie sich zufrieden, dass sie das Richtige getan hatte.

Einige Zeit später, als Pater Gerald sie nach dem Schädel fragte, zeigte sie ihm einen ihrer vielen Schafsschädel. Er lachte. »Hab ich's mir doch gedacht, Jessie Parsons. Der stammt nie und nimmer von einem Menschen. Erkennst du jetzt schon keinen Schafsschädel mehr?« Er zählte die Zähne durch. »Nach dem Gebiss würde ich sagen, das war ein sechsjähriges Mutterschaf.«

Ein einziges Mal legte Jessie Blumen auf das namenlose Grab. »Ich hoffe, es geht dir jetzt besser, Smiley«, sagte sie. »Ich komm jetzt nicht mehr her, damit du in Frieden ruhen kannst, wie Pater Gerald gesagt hat.« Daran hielt sie sich dann, und je mehr Wochen und Monate vergingen, desto weniger dachte sie an Smiley.

Das alles passierte über ein Jahr bevor die eigentliche Geschichte begann.

Der Big Hill

Es musste neblig sein, sonst würde Jessie es erst gar nicht versuchen. Wenn sie nämlich versagte – und sie hatte bisher immer versagt – , dann durfte das keiner erfahren, vor allem ihre Mutter und ihr Vater nicht. Sie konnte sich schon gar nicht mehr erinnern, wie oft sie ihnen bereits vorgelogen hatte, sie hätte es bis auf den Gipfel des Big Hill geschafft. Sie durften sie nicht sehen. Niemand durfte sie sehen. Wenn sie schon versagte, dann allein und unbemerkt.

Nur der alte Mr Barney würde sie vielleicht sehen, und wahrscheinlich sah er sie auch oft, wenn sie an seiner Baracke am Fuße des Big Hill vorbeikam, aber er war der Einzige, und außerdem würde er es niemandem verraten. Mr Barney war ein verschlossener Mensch und kümmerte sich nur um seinen eigenen Kram. Er sprach kaum mit jemandem. Manchmal winkte er Jessie vom Fenster aus zu, aber sie war sich sicher, dass er ihr niemals nachspionieren würde. So einer war er nicht.

Als Jessie an diesem Tag über die Lichtung vor seiner Baracke stapfte, kringelte sich Rauch aus dem Schornstein und eine der Hennen stand einbeinig auf der Veranda, aber von Mr Barney keine Spur.

Der Nebel schnitt den Berg auf halber Höhe ab und machte ihn damit zwergenklein, aber Jessie wusste, was sie da oben erwartete, wie hoch er wirklich war und wie schwer es werden würde, und das alles jagte ihr einen Heidenschrecken ein.

Mole, der schwarze Esel ihrer Mutter, stupste sie von hinten an. Mole würde sie begleiten. Mole begleitete Jessie überall hin. Mehr als einmal war es Mole gewesen, der alles kaputtgemacht hatte, indem er Jessie im falschen Moment angestupst und aus dem Gleichgewicht gebracht hatte.

Es gab vieles, was sie nervte an ihrer »lästigen Lähmung«, wie sie ihre Krankheit oft nannte. Aber das größte Problem war das Gleichgewicht. Wenn sie hinfiel, kostete sie das Aufrappeln so viel Kraft, dass für den Big Hill kaum etwas übrig blieb.

Wenn sie einen gleichmäßigen Rhythmus beibehalten konnte – eins und zwei und eins und zwei –, wenn sie einfach immer weiter hochstapfen konnte, ohne zu stürzen, dann würde sie eines Tages, da war sich Jessie ganz sicher, genug Kraft haben, um den Gipfel des Big Hill zu erreichen, und dann würde sie es nicht mehr nötig haben zu lügen.

Mole rieb seine Nase an ihrem Rücken. »Schon gut, Mole«, sagte Jessie und klammerte sich an seinen Hals, um nicht hinzufallen, »ich gehe ja schon. Ich gehe weiter. Du hast leicht reden. Du hast vier gesunde Beine. Ich hab nur zwei und die tun nicht immer das, was ich ihnen sage, verstehst du?« Sie sah zum Big Hill hinauf und holte tief Luft. »Ich sag's dir, Mole, heute ist es so weit. Ich hab's im Gefühl.«

Der Esel schaute sie an und schnaubte.

Jessie musste lachen. »Wer als Erster oben ist, abgemacht, du Langohr?«

Sie schaffte einen ansehnlichen Start, indem sie sich zum Hang vorbeugte und ihre ungeschickten Beine zwang, sich vorwärts zu bewegen. Sie kannte jede Furche und jeden Grasbüschel auf dem Pfad – auf den meisten hatte sie schon die eine oder andere harte Landung hingelegt. Mole ging neben ihr her und rupfte immer wieder einen Farnwedel aus. Nach einer Weile trottete er leichtfüßig voraus und verschwand schließlich im Dunst. »Klapper nicht so laut, du Angeber!«, rief Jessie ihm nach, aber dann versuchte sie mit aller Kraft, nicht mehr an ihn zu denken. Sie musste sich konzentrieren. Der Pfad war feucht vom Nebel und rutschig. Ein falscher Schritt und sie würde auf dem Hosenboden landen – und das war's dann.

Sie hörte, wie Mole ein Stück weiter oben schnaubte. Höchstwahrscheinlich war er am Wasserfall. Den hatte Jessie erst ein einziges Mal erreicht, in der vergangenen Woche. Dort hatten ihre Beine sie im Stich gelassen, sie wollten nicht über die Steine. Jessie war gestolpert und hingefallen, sie hatte versucht zu kriechen, aber kriechen konnte sie auch nicht besser als gehen. Sie war durch das Wasser gekrochen, bis sie so schlimm gefroren hatte, dass sie aufgeben musste. Heute würde es anders sein. Heute würde sie nicht aufgeben. Heute würde sie den Gipfel erreichen, egal wie. Heute würde sie Mrs Burke und Marion Murphy und allen anderen aus der Schule beweisen, dass sie genauso gut auf den Big Hill raufkonnte wie jeder andere.

Jetzt konnte sie Mole sehen. Er trank aus dem Becken unterhalb des Wasserfalls. Jessie taten die Beine weh. Sie wäre so gern stehen geblieben, aber sie wusste, das durfte sie nicht, sie durfte nicht aus dem Rhythmus kommen. Sie ging an Mole vorbei und sprach ihn lachend an. »Kennst du die Fabel vom Hasen und dem Igel?«, rief sie. »Wir sehen uns auf dem Gipfel!« Das hier war der Abschnitt, der ihr beim letzten Mal das Gehen so schwer gemacht hatte. Der Teil des Weges, den sie am meisten fürchtete. Ganz steil stieg der Pfad am Wasserfall vorbei an, um sich dann auf die Rückseite des Berges zu winden. Von jetzt an würde sie vorsichtig sein müssen, ganz, ganz vorsichtig.

Sie stand nun genau auf dem Stein, der ihr beim letzten Mal zum Verhängnis geworden war. Triumphierend reckte sie den Arm in die Luft und taumelte dann weiter, immer weiter. Jetzt bewegte sie sich auf unbekanntem Gebiet. Nur auf dem Rücken ihres Vaters war sie mal über diese Stelle hinaus vorgedrungen, und das war lange her, Jessie war noch klein gewesen.

Sie spürte, wie ihre Beine mit jedem Schritt schwächer wurden. Sie kämpfte gegen sie an, zwang sie weiterzugehen. Sie atmete tief ein, saugte alle nur mögliche Kraft aus der Luft. Und auf einmal füllten ihre Lungen sich mit Nebel. Sie hustete und hustete und konnte nicht aufhören. Aber trotzdem versuchte sie weiterzugehen.

Dann spürte sie, wie sie hinfiel, und konnte nichts dagegen tun. Sie riss einen Arm hoch, um den Sturz abzufangen, und war erleichtert, als sie merkte, dass sie ins Wasser fiel. Da würde sie zwar nass werden, sich aber nicht wehtun. Aber sie hatte den Stein übersehen, der direkt unter der Wasseroberfläche lauerte. Als das Wasser ihr übers Gesicht strömte, spürte sie die Kälte gar nicht, aber in ihrem Kopf explodierte ein scharfer Schmerz und in ihren Ohren dröhnte es, als würde es nie wieder aufhören. Und dann wurde es um Jessie herum dunkel.

Sie versuchte durch die Finsternis zu spähen, aber es ging nicht. Sie versuchte zu atmen, aber es ging nicht.

Sie träumte von den Skulpturen ihres Vaters, seinen »Geschöpfen«. Sie waren alle im Haus versammelt, Smiley erzählte ihnen eine Geschichte und sie lachten, meckerten wie Hexen ...

Plötzlich wachte Jessie wieder auf. Sie saß aufrecht, den Rücken gegen einen Felsen gestützt. Mole graste mit schlagendem Schweif ein Stück neben ihr. Jessie befühlte ihren pochenden Kopf. Sie ertastete eine Beule, und als sie ihre Finger ansah, waren sie klebrig von Blut. Im Ohr hatte sie auch Blut und auf der Wange. Sie war nass bis auf die Haut. Ein paar Augenblicke überlegte sie, wo sie sich eigentlich befand und wie sie dahin gekommen war. Und dann fiel es ihr wieder ein: Sie war den Big Hill hochgeklettert und war gestürzt; und ihr wurde klar, dass sie wieder einmal versagt hatte. Tränen stiegen ihr in die Augen und sie schrie laut auf, die Fäuste geballt, die Augen gegen die Tränen fest zusammengekniffen.

Sie schmeckte das Salz ihrer Tränen und wischte sie wütend weg. »Ich schaffe es schon noch, Mrs Burke«, schrie sie. »Ich schaffe es, Sie werden sehen.«

Eine Stimme drang aus dem Nirgendwo an ihr Ohr, eine weibliche Stimme, aber so tief, dass sie auch einem Mann hätte gehören können. »Klar schaffst du das, Jessie«, sagte die Stimme. »Aber nicht, wenn du da herumhockst und dich selber bedauerst.«

Jessie sah sich um. Niemand zu sehen. Mole hatte aufgehört zu kauen und schaute sie verwirrt an. Einen dummen Moment lang dachte Jessie, der Esel hätte zu ihr gesprochen, aber dann fuhr die Stimme fort: »Du hast dir den Kopf angeschlagen, na fein. Und, willst du zulassen, dass dich das aufhält?« Mole rupfte wieder Grashalme aus. Er konnte also nicht geredet haben. »Ich bin nicht der Esel, Jessie. Und eins sag ich dir gleich noch dazu: Es hat keinen Sinn, wenn du mich suchst. Du wirst mich nicht finden. Ich bin nur eine Stimme, sonst nichts. Mach dir darüber keine Gedanken.«

»Wer bist du?«, flüsterte Jessie, richtete sich auf und wischte sich mit dem Handrücken über die Nase.

»Bringen die euch Kindern heutzutage denn gar keine Manieren mehr bei? Kannst du nicht dein Taschentuch benutzen wie jeder vernünftige Mensch? Hast du am Ende gar kein Taschentuch?«

»Doch«, erwiderte Jessie und sah sich immer ängstlicher um.

»Dann benutz es auch!«

Jessie kramte ihr Taschentuch heraus und putzte sich die Nase.

»Schon besser«, sagte die Stimme. »Ich fand schon immer, dass man vieles daran ablesen kann, wie jemand seine Nase behandelt. Es gibt Popler und Handwischer – so wie dich – und Schnüffler, und es gibt Trompeter, und das sind die Schlimmsten. Du wirst es nicht glauben, aber ich hab mal eine Königin gekannt, eine echte Königin – und sie war eine Trompeterin. Noch schlimmer: Sie schnäuzte sich immer ins Taschentuch, und statt es dann wegzuwerfen wie jeder vernünftige Mensch, benutzte sie es noch mal, ehrlich. Sie benutzte ein Taschentuch immer zweimal. Unglaublich, oder? Und das bei einer Königin! Ich hab's ihr auf den Kopf zugesagt. Ich hab zu ihr gesagt: ›Die sicherste Methode, sich eine Erkältung einzufangen und daran zu sterben, ist, ein Taschentuch zweimal zu benutzen.‹ Sie war nicht auf den Kopf gefallen, die Königin. O nein, sie hat auf mich gehört. Muss sie getan haben, denn sie hat lange gelebt und ein hohes Alter erreicht, genau wie ich. Sie ist im Sitzen gestorben. Wusstest du das?«

Die Stimme schien, mittlerweile heftig kichernd, immer näher zu kommen. »Die Königin wollte sich vor niemandem hinlegen, nicht mal vor dem Tod. War schon eine Frau nach meinem Geschmack. Engländerin zwar, aber dafür konnte sie ja nichts, oder? Jetzt hör mal, Jessie, willst du ewig hier rumsitzen oder stehst du endlich auf und gehst auf den Big Hill hoch, wie du's gesagt hast?«

»Wer bist du?«, wiederholte Jessie. Obwohl sie es eigentlich besser wusste, hoffte sie, dass sie immer noch schlief und das Ganze nur träumte. Aber sie hatte sich wirklich den Kopf angeschlagen, und das Blut an ihren Fingern und an ihrem Kopf war echtes, richtiges Blut. Also musste die Stimme auch wirklich sein – außer, sie selbst war verrückt geworden. Dieser Gedanke, dass sie verrückt geworden sein konnte, machte Jessie mehr Angst als alles andere.

»Spielt keine Rolle, wer ich bin«, sagte die Stimme, und sie kam jetzt ganz aus Jessies Nähe. »Jedenfalls ist der Berg, auf dem du herumkletterst, mein Berg. Wir haben dich die ganzen letzten Wochen beobachtet, die Jungs und ich. Sie haben nicht daran geglaubt, dass du es schaffen könntest. Ich schon. Ich war mir ganz sicher, so sicher, dass ich eine Wette darauf abgeschlossen hab – fünf Golddublonen. Und ich sag dir was, Jessie: Wenn ich etwas nicht ausstehen kann, dann Geld zu verlieren. Und du hockst hier herum wie ein Wackelpudding, heulst dir die Augen aus dem Kopf und wischst dir die Nase mit dem Handrücken ab. Ich schäme mich für dich, Jessie.«

»Tut mir Leid«, sagte Jessie. »Ich wollte nicht …«

»Sollte dir auch Leid tun. Also gut, ich mach dir einen Vorschlag«, flüsterte ihr die Stimme ins Ohr. »Ich geb dir einen kleinen Anreiz. Ich leg etwas Schönes auf den Gipfel. Wenn du das haben willst, musst du schon raufgehen und es dir selber holen. Na, wie klingt das?«

Jessie überlegte immer noch, was sie tun sollte, als sie plötzlich spürte, wie zwei kräftige Arme sich unter ihre Achselhöhlen schoben, sie auf die Beine hoben und sie einen Augenblick festhielten, bis sie aus eigener Kraft stehen konnte. Dann klopfte ihr jemand auf den Hintern. »Na los, Mädchen.«

Unwillkürlich, beinahe ohne es zu wollen, setzte sich Jessie in Bewegung, als würde jemand anderes ihre Beine bewegen. Immer wieder drehte sie sich um, ob da jemand war. Aber es war niemand zu sehen, nur Mole, der mit gesenktem Kopf dahintrottete, die Ohren angelegt.

»Hast du sie auch gehört?«, flüsterte ihm Jessie zu, als er neben ihr auftauchte. »Sie beobachtet uns, ich weiß es. Komm schon, Mole, wir müssen es zum Gipfel schaffen, wir *müssen* einfach.« Und sie schleppte sich zurück auf den Pfad.

Hier oben war das Gras unter ihren Füßen ganz schwammig. Das machte das Gehen leichter. Das Fallen auch, überlegte sie. Sie dachte daran, wie ihr Vater mit ihr auf dem Rücken genau diesen Pfad entlanggaloppiert war, bis er sich hatte fallen lassen und mit Jessie den Hang hinunter und ins Farnkraut gekullert war. Dabei fiel ihr die steinübersäte Rinne weiter oben wieder ein, und sie fragte sich, wie sie die wohl überwinden sollte.

Sie ließ sich auf Hände und Knie nieder. Auf allen vieren würde der Weg schmerzhaft und langsam werden, aber es war ihre einzige Chance. Immer wieder wucherten Brombeersträucher auf dem Pfad, die sie wegdrücken musste, immer wieder tauchten zerklüftete Steinformationen vor ihr auf, denen sie ausweichen musste. Jessie krabbelte voran, bis ihre Handgelenke nicht mehr mitmachten, dann kroch sie auf den Ellbogen weiter. Und plötzlich rutschte sie mit einem Knie aus, ihre Finger fanden keinen Halt und sie glitt rückwärts hinunter, bis sie schließlich wie ein Häufchen Elend gegen einen Steinhaufen prallte und liegen blieb. Ihre Knie und Ellbogen waren aufgeschürft und bluteten und ein scheußlicher Dorn steckte in ihrem Handballen. Sie zog ihn mit den Zähnen heraus und spuckte ihn auf den Boden.

Mole schrie ihr von irgendwo weiter oben heiser zu. Jessie schaute hinauf und hielt sich dabei die Hand vor die Augen, denn mittlerweile war die Sonne durch den Nebel gedrungen. Mole stand genau auf dem Gipfel des Big Hill. Er schrie nicht einfach, er verhöhnte sie regelrecht. Jessie hievte sich mühsam auf die Beine und stand einen Augenblick schwankend da. Alles um sie herum drehte sich. Sie schloss die Augen, und da stürzten die Erinnerungen auf sie ein.

Es war April, das Sommerhalbjahr hatte begonnen und alle Schüler, sogar die aus der ersten Klasse, waren zu einem Ausflug aufgebrochen – mit Mrs Burke, Jessies Klassenlehrerin und neben Marion Murphy der zweite Fluch ihres Lebens. Und Jessie hatte als Einzige dableiben müssen, mit Miss Jefferson, der Lehrerin der ersten Klasse. Miss Jefferson hatte darauf bestanden, Jessie auf dem ganzen Weg zum Strand an der Hand zu halten, nur für alle Fälle, wie sie sagte. Sie würden jede Menge interessante Muscheln finden, sagte sie, und daraus ein Muschelbild basteln. Bei Miss Jefferson ging es immer um Muscheln oder Wildblumen – sie hatte eine eigene Wildblumenwiese hinter der Schule. Aber an diesem Tag waren es Muscheln.

Miss Jefferson gründelte zwischen dem Blasentang und dem Meersalat, stieß alle paar Sekunden einen Schrei des Entzückens aus und quasselte wie üblich ohne Punkt und Komma. Nicht, dass Jessie sie nicht gemocht hätte. Sie mochte sie sehr wohl. Aber Miss Jefferson machte wegen ihr ständig so ein Gewusel, hatte ewig Angst, dass Jessie stürzen könnte, frieren könnte, müde sein könnte.

Jessie hatte sich daran und überhaupt an Miss Jefferson längst gewöhnt. Aber was sie wirklich wurmte, war, dass sie ausgeschlossen worden war.

Trotz Miss Jeffersons enthusiastischen Ermunterungen konnte sie keinerlei Begeisterung für das Muschelbild aufbringen. Sie wollte bei den anderen sein, oben auf dem Berg. Sie ließ den Big Hill kaum einen Moment aus den Augen. Sie konnte die anderen sehen, eine lange Kinderschlange mit Mrs Burke als Kopf, die nun beinahe den Gipfel erreicht hatte. Jessie hörte die entfernten Schreie, als sie endlich oben waren, und musste den Blick abwenden. Miss Jefferson verstand und legte ihr einen Arm um die Schultern, aber das war ihr kein Trost.

Sie hatte darum gebettelt, mit den anderen auf den Big Hill zu dürfen, aber Mrs Burke hatte nichts davon wissen wollen. »Du würdest uns nur aufhalten, Jessie«, hatte sie gesagt. »Außerdem würdest du es doch sowieso nicht bis auf den Gipfel schaffen.« Dann hatte sie gelacht. »Und um getragen zu werden, bist du viel zu groß.«

Das war der Augenblick gewesen, in dem Jessie sich geschworen hatte, den Big Hill zu erklimmen, lästige Lähmung hin oder her. Sie würde es schaffen, so oder so, und wenn sie wie ein Wurm hinaufkriechen musste.

Sie schlug die Augen auf. Zwei Monate lang hatte sie es immer wieder versucht, und hier stand sie nun, kaum einen Steinwurf vom Gipfel entfernt. Diesmal würde sie nicht aufgeben. »Ich komme!«, schrie sie. »Ich komme!« Und sie warf sich vorwärts, den Berg hoch. Immer wieder weigerten sich ihre Beine zu tun, was sie von ihnen verlangte, und wären beinahe unter ihr eingeknickt. Immer wieder geriet sie ins Straucheln. Sie sehnte sich danach, sich hinzusetzen und auszuruhen, aber immer wieder war da die Stimme in ihrem Kopf: »Du schaffst es, Mädchen, du schaffst es.«

Woher die Worte kamen oder wer sie aussprach, wusste sie nicht, aber es kümmerte sie auch nicht mehr. Nichts kümmerte sie mehr außer dem Willen, den Gipfel zu erreichen.

Und sie hatte es beinahe geschafft, als die Beine einfach unter ihr zusammenklappten und sie sich auf den Knien wiederfand.

Sie kroch die letzten ein, zwei Meter über weiche Grasnelkenbüschel hinweg, dann brach sie zusammen. Mole kam zu ihr und kitzelte sie mit seiner warmen stoppeligen Nase im Nacken. Sie klammerte sich an seine Mähne und zog sich auf die Beine hoch.

Da lag Clare Island, tief unterhalb von Jessie, in seiner ganzen Pracht und Schönheit, vom grau-grünen Meer umgeben. Weit im Süden dann die Insel Inishturk. Und als Jessie das Gesicht in den Wind hielt, sah sie die Hauptinsel und die Inseln der Clew Bay, die weit entfernt wie Suppenknödel auf dem Wasser schwammen. Sie war auf dem Dach der Welt! Sie riss die Hände zum Himmel hoch und lachte laut in den Wind, während Tränen ihr die Wangen hinabrannen.

Mole sah sie an, und jedes seiner Ohren drehte sich selbstständig in eine andere Richtung.

Als Jessie die Beine versagten, plumpste sie so hart zu Boden, dass es ihr für einen Augenblick den Atem verschlug und sie sofort wieder nüchtern wurde.

Erst jetzt begann sie darüber nachzudenken, was an diesem Vormittag auf dem Big Hill passiert war. Sie hatte es auf den Gipfel geschafft, daran gab es keinen Zweifel – außer, sie steckte immer noch mitten in einem wunderschönen Traum. Je mehr sie darüber nachdachte, desto stärker zweifelte sie an ihrem Gedächtnis – an dem Aufstieg, dem Sturz ins Wasser, der körperlosen Stimme, die zu ihr gesprochen hatte, den Armen, die ihr hochgeholfen hatten, den Worten in ihrem Kopf, die sie zum Gipfel getragen hatten. Das alles konnte auch nur eine außergewöhnliche Halluzination gewesen sein. Ja, das würde einen Sinn ergeben. Aber was war dann mit der Beule an ihrem Kopf? Und da war noch etwas, das sie nicht verstand. Jemand musste sie aus dem Wasser gerettet haben. Aber wer? Vielleicht lag es an dem Schlag auf den Kopf, dass sie merkwürdige Stimmen hörte. Vielleicht spielte ihr Erinnerungsvermögen ihr deswegen einen Streich. Sie musste sicher sein, ganz sicher. Sie musste sich vergewissern.

»Hallo?«, rief sie zögerlich. »Bist du noch da? Ich hab's geschafft, hast du gesehen? Ich hab dir deine Wette gewonnen. Bist du noch da?« Aber da war niemand und nichts, nur eine einsame, summende Hummel, zwei Möwen, die über Jessies Kopf kreisten, und Mole, der in der Nähe graste. »Bist du jemand? Bist du ein Mensch? Bist du nur eine Beule am Kopf, oder was? Bist du echt? Sag doch bitte etwas.«

Aber da kam kein Wort.

Plötzlich raschelte es hinter ihr. Jessie wirbelte herum – ein Kaninchen verschwand mit wippender Blume im Farnkraut. Überall lagen Kaninchenköttel herum, fiel Jessie auf. Sie schnippte einen davon weg. Er prallte gegen einen riesigen Granitklotz unterhalb des Gipfels, den Wind und Wetter zu einer perfekten Schüssel ausgehöhlt hatten, und in der Schüssel sammelte sich glitzerndes Wasser, das von einer darüber liegenden Quelle gespeist wurde.

Jessie hatte bislang nicht gemerkt, wie durstig sie war. Sie kroch zu dem Stein, krallte sich daran fest und hievte sich hoch. Dann tauchte sie wie Mole den Mund ins Wasser und trank in langen Zügen. Noch nie war ihr Wasser so wunderbar vorgekommen wie an diesem Tag, hier oben auf dem Gipfel des Big Hill. Als sie sich gerade den Mund abwischte, erblickte sie etwas Glänzendes auf dem Boden des steinernen Auffangbeckens. Sah aus wie ein Ring, aus Messing vielleicht, wie einer der Gardinenringe, die sie zu Hause im Wohnzimmer hatten. Jessie steckte die Hand ins Wasser und holte das Ding heraus.

»Ich bin eine Frau, die Wort hält.« Da war die Stimme wieder. Sie kam von irgendwo hinter Jessie. »Hab ich dir nicht gesagt, dass ich eine Kleinigkeit für dich hierher lege?«

In ihrer Erschöpfung und ihrem Triumph hatte Jessie die versprochene kleine Belohnung vollkommen vergessen. Sie lehnte sich mit dem Rücken an den Felsbrocken.

»Keine Angst, Jessie, ich tu dir nichts. Ich hab noch keiner Menschenseele was getan, die es nicht verdient hätte. Du hast heute etwas Großartiges geleistet, Jessie, was wirklich Großartiges. Und was noch besser ist: Du hast mir meine Wette gewonnen. Ich bin jetzt um fünf Dublonen reicher. Nicht, dass es viel gäbe, wofür ich sie ausgeben könnte. Das geht uns allen so, aber was soll's. Keiner von den Jungs hat geglaubt, dass du es schaffen könntest, aber ich schon. Und ich hab eine Schwäche: Ich behalte gern Recht. Liegt in der Familie. ›Ihre Mutter ist eine O'Malley‹, hab ich zu den Jungs gesagt. ›Also ist Jessie eine halbe O'Malley. Sie wird es schaffen, wartet's nur ab.‹ Also haben wir's abgewartet und du hast es geschafft. Der Ohrring gehört dir, Mädchen. Ehrlich gesagt hab ich für solche Sachen heutzutage nicht mehr besonders viel Verwendung. Heb ihn gut auf, ja?«

Als Jessie schließlich sprach, hatte sich ihre Stimme mehr als beabsichtigt zu einem Flüstern gesenkt. »Wo bist du? Kann ich dich nicht sehen? Du kannst doch nicht bloß eine Stimme sein.«

Aber sie bekam keine Antwort. Immer wieder versuchte sie es, so lange, bis sie wusste, dass die Frau entweder nicht antworten wollte oder längst gegangen war. »Danke für den Ohrring«, rief Jessie. »Ich werde ihn nicht verlieren, versprochen.«

Es hätte verrückt klingen müssen, wie sie da ins Leere sprach, aber ihr kam es nicht so vor. Und mit Mole zu reden war vielleicht auch verrückt, das wusste sie, aber außer ihm war da niemand und sie musste einfach mit jemandem reden. »Schau mal, was sie mir geschenkt hat, Mole. Einen Ohrring. Weil ich auf den Big Hill geklettert bin und die Wette für sie gewonnen hab.«

Der Esel schürzte die Oberlippe, sodass seine gelben Zähne sichtbar wurden, und schnüffelte misstrauisch an dem Ring in Jessies flacher Hand. Essbar war das Ding jedenfalls nicht, entschied er.

Jessie sah den Hang hinunter. Sie hatte einen langen Rückweg vor sich. Noch nie hatte sie auch nur einen Gedanken daran verschwendet, wie sie wieder nach unten kommen sollte, falls sie jemals nach oben kam. Vielleicht weil sie in ihrem tiefsten Inneren nie wirklich geglaubt hatte, dass sie es schaffen würde. Sie wusste, dass ihr zu Hause das Treppensteigen abwärts wesentlich schwerer fiel als das Aufwärtssteigen. Sie würde es niemals schaffen. Es war einfach zu weit bis nach unten. Es war unmöglich.

Dann hatte sie eine Idee – eine nahe liegende, aber gute. Mole würde sie nach unten bringen. Sie würde den Felsblock als Aufstiegshilfe nutzen, sich auf Moles Rücken legen und sich nach Hause tragen lassen. Kinderleicht.

Aber es war nicht halb so leicht, wie sie erwartet hatte. Zuerst wollte Mole nicht zum Felsen kommen und sie musste ihn an der Mähne hinzerren. Dann wollte er nicht still stehen, jedenfalls am Anfang nicht. Mole war es nicht gewohnt, geritten zu werden, und er wand sich nervös unter Jessies Gewicht. Aber nach einer Weile schien er sich damit abzufinden und stapfte den Hang hinunter, den ganzen Weg bis nach Hause.

Jessie hing wie eine Klette an ihm, immer verzweifelt darauf bedacht, bloß nicht herunterzufallen. Sie wartete, bis Mole auf der Wiese zwischen den »Geschöpfen« ihres Vaters zu grasen anfing, dann ließ sie sich einfach fallen. Es war eine fast schmerzlose Landung. Als ihr Vater kurze Zeit später von der Schafweide kam, lag sie immer noch da.

»Hast du mich nicht gesehen, Dad?«, fragte sie.

Er starrte sie entsetzt an. »Jess, du bist ja voller Blut!«, stieß er hervor und rannte zu ihr hin. »Was ist passiert?«

»Ich hab's geschafft, Dad! Ich bin den Big Hill raufgeklettert! Mole hat mich wieder runtergetragen, aber den Aufstieg hab ich ganz allein geschafft.«

»Ich dachte, du wärst schon öfter auf dem Gipfel gewesen«, sagte ihr Vater.

Bei all der Aufregung hatte Jessie ihre eigenen Lügen vergessen. »Ja, klar«, erwiderte sie hastig. »Aber heute hab ich's schon wieder geschafft, und diesmal war ich viel schneller.«

Ihr Vater trug sie ins Haus und setzte sie in die Küche. »Wie konntest du einfach so losgehen und so was Verrücktes tun?«, sagte er und tupfte ihr die aufgeschürften Knie mit feuchten Baumwollbällchen ab. Es hätte brennen müssen, tat es aber nicht. »Deine Mutter würde mich umbringen, wenn sie wüsste, dass ich dich hab gehen lassen. Sag ihr kein Wort davon, hörst du? Also, jetzt schau sich mal einer diese Beule an deinem Kopf an!«

Jessie hielt den Ohrring fest umklammert. Der Hütehund schnüffelte an ihrer Faust. »Geh weg, Panda«, sagte sie und schob ihn weg.

Panda sah sie aus seinen weißen Augen an und legte ihr sein feuchtes Kinn aufs Knie. Er hatte sich schon wieder in etwas Übelriechendem gewälzt. »Wann kommt Mum zurück?«, fragte Jessie.

»Heute Abend, wenn das Wetter mitspielt«, antwortete ihr Vater und drückte ihr ein kaltes, nasses Geschirrtuch auf den Kopf. »Hier, halt das drauf. Dann geht die Schwellung zurück. Er ist übrigens da, dein Cousin Jack. Deine Mum hat vorhin vom Flughafen in Shannon angerufen.«

»Wie ist er denn so?«, hakte Jessie nach. Panda versuchte seine Zunge in ihre Faust zu schieben. Sie schubste ihn wieder weg.

»Still, sagt kaum ein Wort. Ganz das Gegenteil von dir, was?«

»Den ganzen Sommer!«, protestierte Jessie. »Wieso muss er den ganzen Sommer hier bleiben?«

»Weil er mit uns verwandt ist. Er ist der Sohn von deinem Onkel Sean, also dein Cousin.«

»Aber ich kenne Onkel Sean doch überhaupt nicht.«

Vater hob ihren Arm hoch, um sich die Abschürfungen am Ellbogen anzusehen.

Sie zog den Arm weg. »Ich wasch mich schon selber«, stieß sie hervor.

»Was ist eigentlich los mit dir, Jess?«, fragte ihr Vater und kauerte sich neben sie.

»Ich wünschte, er käme nicht, Dad«, erwiderte sie. »Ich find's schön so, wie es ist. Nur wir drei allein.«

»Ich find's auch schön. Aber wenn er zurückfährt, sind wir drei doch auch wieder allein, oder? Jetzt geh schön nach oben und wasch dir den Ellbogen ab. Ich will nicht, dass du dir eine Blutvergiftung holst, sonst kriegt deine Mum einen Anfall.«

Jessie war noch nicht in ihrem Zimmer, da wusste sie schon, wo sie den Ohrring verstecken würde. Im Goldfischglas. Zwischen den Steinen am Boden von Barrys Glas.

Barry flippte regelrecht aus, während sie es tat. Er hasste es, wenn sie die Hand in sein Glas steckte. »Pass schön drauf auf, Barry«, sagte sie und der Goldfisch schnappte lautlos zwischen seinen Seepflanzen hervor, bevor er ihr den Schwanz zudrehte. »Dann eben nicht«, sagte sie. Während der ganzen Zeit lag Panda auf ihrem Bett und schaute ihr aufmerksam zu. »Geheimnis«, raunte sie ihm zu und legte sich den Finger an die Lippen. »Keiner darf etwas davon wissen – außer dir und mir und Barry. Er erzählt es bestimmt keinem, und du auch nicht, stimmt's? Du stinkst, Panda, weißt du das?«

Das Gesicht im Spiegel

Clatterbang wollte nicht anspringen. Das tat er nie, wenn es neblig war, und es war oft neblig. Clatterbang war ein rostiges altes, schwarzes Taxi, das auf den Straßen von London und Belfast schon bessere Tage erlebt hatte, aber für die Insel noch wunderbar taugte – wenn es funktionierte. Man konnte hinten bis zu sechs Schafe transportieren oder zwölf Heuballen oder ein »Geschöpf«.

Aber an diesem Tag saß nur Jessie auf dem Rücksitz. Panda hatte sich neben ihr zusammengerollt. Ihr Vater steckte den Kopf unter die Motorhaube und sagte etwas, das er sich nie zu sagen getraut hätte, wenn Jessies Mutter dabei gewesen wäre. Er probierte noch mal, was auch immer er probierte, und plötzlich sprang der Motor an. Hastig schlug er die Motorhaube zu und sprang hinters Lenkrad. »Wir kommen zu spät«, sagte er. »Gut festhalten.«

Dann rumpelten und holperten sie über den Feldweg zur Straße hinunter, an der Abteiruine vorüber und auf der Küstenstraße zum Kai.

Sie kamen nicht zu spät. Die Fähre legte gerade an. Jessies Vater brachte Clatterbang zum Stehen und drehte sich zu ihr um. »Also noch mal, Jess: Woher hast du die Beule?«

»Ich bin hingefallen.«

»Wo?«

»Im Garten.«

»Gut. Und bleib bei der Geschichte, egal was kommt, klar?«

Jetzt konnten sie Jessies Mutter sehen, die sich das Tuch um den Kopf band. Sie stand am Ende des Kais und neben ihr stand ein großer Junge. Er war fast so groß wie sie und hatte eine weiße Baseballmütze auf, mit dem Schirm zur Seite. Die Hände tief in die Taschen gerammt, sah er sich um.

»Also jetzt schau dir mal diesen langen Lulatsch an!«, sagte Jessies Vater und machte die Autotür auf. »Ich helf ihr mal mit dem Gepäck. Du wartest hier.« Und schon war er weg.

Jessie stieg aus und stolperte hinter ihm her, so schnell sie konnte, was weiß Gott nicht besonders schnell war. Ihre Beine waren immer noch müde vom Aufstieg. Sie sah zum Big Hill hoch, aber er war nicht mehr da. Der Nebel hatte ihm auch heute die Spitze abgeschnitten. Dann fiel ihr die Stimme ein, und sofort hörte sie sie in ihrem Kopf wieder.

Je mehr sie darüber nachdachte, desto sicherer war sie sich, dass das ein erstes Anzeichen fürs Verrücktwerden sein musste. Vielleicht hatte ihr Gehirn auch eine Lähmung, genau wie ihre Beine. Oder vielleicht hatte sie die Stimme einer Heiligen gehört. Na hoffentlich. Sie kannte die Geschichten, wie St Patrick zu Leuten gesprochen haben sollte, die den heiligen Berg Crough Patrick hochgeklettert waren, gleich jenseits des Wassers, auf der Hauptinsel. Wenn so etwas dort passieren konnte, wieso nicht auch hier? Unmöglich war es jedenfalls nicht.

Aber die Stimme, überlegte Jessie, hatte sich nicht wie die Stimme einer Heiligen angehört, jedenfalls nicht einer Heiligen, wie Jessie sie sich vorstellte.

Jetzt kamen alle drei auf sie zu. Ihr Vater schleppte das Gepäck, während ihre Mutter im Laufschritt vorauseilte. »Was soll das heißen, sie ist hingefallen?«, rief sie. Einen Augenblick später kniete sie sich vor Jessie hin und packte sie bei den Schultern. »Alles in Ordnung, Jess?«

»Klar, Mum.«

»Was ist passiert?«

»Ich bin gestolpert und hingefallen, mehr nicht.«

»Wo?«

»Im Garten.« Jessie traute sich nicht hochzuschauen, um ja nicht dem Blick ihres Vaters zu begegnen.

Ihre Mutter begutachtete die Beule an ihrem Kopf.

»Eine Woche«, sagte sie. »Kaum bin ich eine Woche weg und schon ... Warst du beim Arzt?«

»Nein.«

»Ist dir schwindlig?«

»Nein.«

Da tauchte der Junge vor ihr auf. Er trug eine silberne Zahnspange – mehr Zahnspange als Zähne im Mund, dachte Jessie.

»Das ist dein Cousin Jack«, sagte ihre Mutter und lächelte. »Hat eine lange Reise hinter sich – von Long Island, New York, Amerika, bis nach Clare Island, Mayo, Irland, stimmt's, Jack?«

Der Junge starrte Jessie an und runzelte die Stirn. Das war eine normale Reaktion bei Leuten, die sie zum ersten Mal sahen. Es lag daran, wie sie stand, ein bisschen windschief, als wäre sie irgendwie aus den Fugen geraten.

»Hi«, sagte der Junge und beäugte sie weiter. »Wie geht's?«

»Gut«, erwiderte Jessie. »Warum auch nicht?«

»Es geht ihr überhaupt nicht gut«, sagte ihre Mutter und strich ihr das Haar aus dem Gesicht. »Sie hat eine riesige Beule am Kopf.«

Panda sprang an Jack hoch und der wich erschrocken zurück.

»Er tut dir nichts«, sagte Jessie. »Ist bloß ein Hütehund, kein Wolf, weißt du.«

Als Jack lachte, hörte es sich leicht nervös an, fand Jessie.

»Wir haben zu Hause auch Hunde, die sind noch größer als der.« Jack schien sich von dem Schrecken erholt zu haben. »Wolfshunde, irische Wolfshunde, drei Stück.«

»Also uns reicht schon einer«, sagte Jessie. »Er heißt Panda.«

»Wahrscheinlich wegen seiner Augen, oder wie?«, mutmaßte Jack.

»Nicht unbedingt«, sagte Jessie und gab sich keine Mühe, ihren Ärger zu verbergen.

»Wir sind in ein paar Minuten zu Hause, Jack«, sagte Jessies Vater. »Clare Island ist so klein, da hat man es nirgendwohin sehr weit. Vier Meilen von einem Ende zum anderen.« Er stellte das Gepäck ab und knackste mit den Fingern. »Man kann in zwei Stunden um die ganze Insel herum gehen. Clatterbang steht am Ende vom Kai, da drüben vor der Burg.«

Jessie spürte, wie der Junge sie beim Gehen beobachtete. Sie sah rasch auf, um ihn dabei zu erwischen. Sie hatte Recht – er beobachtete sie wirklich. »Du spielst also American Football?«, sagte sie, einfach um irgendwas zu sagen.

»Ein bisschen.«

»Hab im Fernsehen mal ein Spiel gesehen. Bist du gut?«

»Nicht besonders.«

»Na, dann sind wir ja schon zu zweit, was?«, erwiderte sie. Sie lächelte Jack an und bekam den Hauch eines Lächelns zurück. Vielleicht mochte sie ihn jetzt ein bisschen mehr als am Anfang, aber sie wusste immer noch nicht so recht, was sie von ihm halten sollte. Sie musterte ihn sorgfältig, während er in seinen alten Turnschuhen neben ihr herlief, die Schultern gekrümmt. Sein Haar war so kurz geschoren und so hell, dass sie die Kontur seines Kopfes sehen konnte, und er hatte mehr Sommersprossen im Gesicht, als Jessie jemals an jemandem gesehen hatte. Außerdem war er so dünn, dass die Jeans und sein New-York-Yankees-Sweatshirt mit den Längsstreifen regelrecht an ihm herabhingen.

Er zeigte zur Burg hinauf. »Wer wohnt da?«, fragte er. »Sieht uralt aus.«

»Ist die Burg auch. Da wohnt keiner, schon lange nicht mehr.«

Jessies Vater war am Auto stehen geblieben und machte die Tür auf.

»Mann, das ist vielleicht ein Ding!«, stieß Jack hervor und strich über die Motorhaube. »Ein Diesel, stimmt's? Dreilitermotor? Ziemlich alt, schätze ich.«

»Es fährt«, raunzte Jessie, »und mehr braucht ein Auto ja nicht zu tun, oder?« Jetzt hatte sie sich endgültig entschieden: Sie mochte diesen Kerl nicht. Und sie würde ihn niemals mögen, nie nie nie. Das würde der längste Sommer ihres Lebens werden.

Mutter warf ihr einen ihrer viel sagenden Blicke zu. »Und, kommt ihr beiden klar?«, fragte sie.

»Ja, hervorragend«, antwortete Jessie, stieg ein und schlug die Tür hinter sich zu, sodass Jack auf die andere Seite laufen musste.

Clatterbang prustete ein paarmal, bevor er widerwillig ansprang. Keiner sagte ein Wort, bis sie schon ein gutes Stück der Küstenstraße hinter sich gebracht hatten.

»Habt ihr mich vermisst?«, fragte Jessies Mutter.

»Na klar«, erwiderte ihr Vater. »Wir beide, nicht wahr, Jess?« Er drehte den Kopf zu seiner Frau. »Und wie war's in Dublin?«

»Frag lieber nicht.« Sie sprach so leise, dass Jessie kaum ein Wort verstehen konnte.

Cousin Jack und Cousine Jessie saßen schweigend auf dem Rücksitz. Panda sah immer wieder von einem zum anderen.

Beim Abendessen rührte Jack kaum etwas an. Er kaute auf einer Scheibe Brot herum und sagte, das wäre anders als das Brot

»bei uns zu Hause«. Das Wasser, sagte er, würde »irgendwie komisch« schmecken, und er rümpfte die Nase, als Jessies Vater ihm ein Stück von seinem selbst gemachten Schafskäse anbot.

»Habt ihr Erdnussbutter?«, fragte Jack. »Bei uns gibt's normalerweise Erdnussbuttersandwiches und Cola.«

»Was, zu jeder Mahlzeit?«, hakte Jessies Vater nach.

Jack nickte. »Außer zum Frühstück. Da nehme ich Cornflakes – und Cola.«

»Ich kaufe morgen Erdnussbutter«, sagte Jessies Mutter und tätschelte ihm den Arm. »So, und jetzt gehst du am besten ins Bett. Du brauchst ein paar Stunden Schlaf. Morgen heißt es früh aufstehen. Die Schule geht los.«

»Schule?«

»Ja, das hat dein Vater gesagt«, fuhr Jessies Mutter fort. »›Brat ihm bloß keine Extrawurst‹, hat er zu mir gesagt. ›Was Jessie tut, soll er auch tun.‹ Und dein Vater ist doch mein großer Bruder. Als ich noch klein war, hab ich alles getan, was er gesagt hat – na ja, nicht nur, als ich klein war. Und was dich angeht: Was dein Vater sagt, das gilt. Also gehst du morgen zur Schule. Jessie geht mit. Du passt auf ihn auf, nicht wahr, Jess? Soll ich dir beim Auspacken helfen, Jack?«

Jack schüttelte den Kopf. Und dann stand er ohne ein Wort auf, schob seinen Stuhl zurück und verließ das Zimmer.

Jessie und ihre Eltern schauten sich fragend an. Hinter ihnen tickte die Wanduhr in der stillen Küche. Sie hörten, wie die Tür zu Jacks Zimmer zufiel.

»Er hat's nicht leicht«, sagte Jessies Mutter. »Aber er wird sich schon einleben, das dauert nicht lange.«

»Wieso hat er's denn nicht leicht?«, bohrte Jessie.

»Kümmer dich nicht darum«, erwiderte ihre Mutter und klopfte auf Jessies Teller. »Ich will nicht sehen, dass etwas übrig bleibt. Iss. Übrigens, Jess: Könntest du mir bitte erklären, wieso deine Hose ganz zerrissen und voller Schlamm ist?«

»Hab ich dir doch gesagt – ich bin hingefallen«, sagte Jessie und stocherte geschäftig in ihrem Essen, um nicht aufsehen zu müssen.

»Im Garten«, fügte ihr Vater hinzu, eine Spur zu hastig.

»Ja, habt ihr schon gesagt, habt ihr schon gesagt.« Es war klar, dass Jessies Mutter ihnen beiden kein Wort glaubte.

Jessies Zimmer lag direkt über der Küche. Sie konnte immer hören, was unten gesprochen wurde, auch wenn sie es manchmal gar nicht wollte. Aber an diesem Abend wollte sie. Sie kannte – wie jeder auf der Insel – den wahren Grund dafür, dass ihre Mutter auf der Hauptinsel gewesen war. Es war nicht nur darum gegangen, ihren Cousin Jack vom Flughafen abzuholen. Das war nur die eine Hälfte gewesen. Sie hatte eine ganze Woche in Dublin verbracht, um zu versuchen, mit den hohen Tieren vom Dáil, von der Regierung, zu sprechen – wegen des Big Hill.

Ihre Eltern redeten in Jessies Anwesenheit kaum je über den Big Hill, und Jessie wusste warum. Es gab auf der Welt nur eine Sache, über die sie stritten – und das war der Big Hill. Sie stichelten manchmal, aber richtig streiten taten sie nie, jedenfalls hatte Jessie noch nie einen Streit mitbekommen. Klar gab es ab und zu Kabbeleien. Ihr Vater konnte es zum Beispiel nicht leiden, gestört zu werden, wenn er im Schuppen an einem seiner »Geschöpfe« arbeitete. Aber ihre Mutter war kaum auf die Palme zu bringen. Sie verlor nie die Beherrschung – außer wenn sie den Big Hill verteidigen musste.

Catherine O'Malley – so hatte Jessies Mutter vor ihrer Heirat geheißen – war zweifellos die schönste Frau auf der Insel und bot damit Anlass zu jeder Menge Bewunderung und Neid. Sie hatte eine glänzende, dunkle Haarpracht und genauso glänzende, dunkle Augen. Jessie kannte die Geschichte gut und sie dachte oft und sehr gern daran, immer wieder. Es hatte kaum einen Mann auf der Insel gegeben, der ihre Mutter nicht hätte heiraten wollen. Catherine O'Malley war mit Michael Murphy verlobt gewesen, dem jetzt die Lachsfarm und der Big Hill gehörten. Aber dann war Jimmy Parsons aufgetaucht, dieser »Zuzügler« aus England, dieser Fremde, dieser Bildhauer. Einen Sommer lang hatte er bleiben wollen. Dann hatte er Catherine O'Malley erblickt, hatte sie eines Tages zum Fischen mit aufs Meer genommen, hatte sie geheiratet und war nie mehr weggegangen.

Jeder wusste, dass Michael Murphy wegen dieser Sache noch nach all den Jahren aufgebracht war. Er war ein klein gewachsener, untersetzter Mann und reich wie Krösus – also genau das Gegenteil von Jessies Vater, der mit Stiefeln fast zwei

Meter groß war und keinen Penny in der Tasche hatte. Die Stiefel trug er beinahe immer, ob er draußen seine Schafherde weidete oder im Schuppen an seinen geliebten »Geschöpfen« schnitzte, die keiner kaufen wollte. Besonders viel schien das Jimmy allerdings nicht auszumachen, und Jessie machte es überhaupt nichts aus. Für sie waren die »Geschöpfe« Familienmitglieder. Sie hatte jedem einzelnen einen Namen gegeben, und als sie noch ganz klein war, hatte ihr Vater ihr vor dem Schlafengehen, im Dunkeln, Geschichten über sie erzählt.

Nur abends zog ihr Vater seine Stiefel aus und dann linsten seine schmutzigen Zehen aus den Socken heraus und er kratzte sich daran. Er war nicht perfekt, aber als Vater war er auf jeden Fall wesentlich besser, als Michael Murphy es vermutlich je gewesen wäre.

Während Jessie lauschte, konnte sie sich gut vorstellen, wie sie da unten saßen und redeten. Ihr Vater saß im Schaukelstuhl, Panda zu seinen Füßen, und ihre Mutter stand am Bügelbrett.

»Du hast noch gar nicht viel erzählt«, hörte Jessie ihn sagen.

»Na ja, viel gibt es auch nicht zu erzählen.«

»Hast du mit dem Minister im Dáil gesprochen?«

»Ja.«

»Und?«

»Es wird dich freuen zu hören, dass er dieselbe Meinung hat wie du – wie du und alle anderen, außer dem alten Mister Barney.«

»Er hat also nein gesagt?«

»Nein, Jimmy. Er hat ja gesagt. Ja zum Geld, ja zur Zerstörung, ja zur Umweltverschmutzung. O ja, er ist ein richtiger Ja-Sager.«

»Jedenfalls … du hast getan, was du konntest. Niemand hätte mehr tun können, das steht fest. Also wenn es schon passieren muss, ist es wohl besser, es einfach hinzunehmen, hm?«

»Niemals. Niemals. Ich werde es nie einfach so hinnehmen. Ich bin hier geboren, vergiss das nicht. Ich bin mit dem Berg aufgewachsen. Dieses Stückchen Erde liegt mir im Blut. Die wollen Bulldozer hier raufschicken, um von meinem Berg die Spitze abzuschneiden, damit Michael Murphy und seinesgleichen das Gold rausbuddeln und noch reicher werden können – als wären sie nicht schon reich genug. Nur über meine Leiche! Das meine ich ernst.«

»Cath, um Himmels willen, warum steigerst du dich da so rein? Du hast alles Menschenmögliche getan. Jeder weiß das und bewundert dich dafür. Ich sowieso. Aber wir leben in den Neunzigern. Vor hundertfünfzig Jahren haben über tausend Menschen hier auf Clare Island gelebt, jetzt sind es kaum mehr hundertzwanzig. Und so wie's aussieht, wird davon in zehn Jahren vielleicht noch die Hälfte übrig sein. Und warum? Weil es hier keine Arbeit gibt, kein Geld. Ein paar Fremdenzimmer, ein paar Touristen im Sommer, hier und da ein verkaufter Hummer, das war's dann schon. Junge Leute haben hier nichts, wofür es sich lohnen würde zu bleiben. Ich mag

Michael Murphy weiß Gott nicht mehr als du, aber ob's uns gefällt oder nicht, er bringt wenigstens Arbeit auf die Insel. Diese Goldmine bedeutet Arbeit, für mindestens eine Generation, und Geld, um die Insel voranzutreiben.«

»Ja, klar.« In den Adern ihrer Mutter schien nun das Blut zu kochen. »Und um welchen Preis? Arsenhaltige Bäche werden aus der Mine den Berg runterfließen und unsere Kinder und unsere Schafe vergiften – das sagen die Experten, nicht ich. Sie werden den alten Mister Barney aus seiner Baracke scheuchen, dabei will der arme Mann doch nichts anderes als seine letzten Tage in Frieden da oben verbringen. Und du weißt genauso gut wie ich, dass sie keine Leute von der Insel in der Mine einstellen werden. Das behaupten sie zwar, aber sie werden sich nicht daran halten. Solche Leute halten sich nie an ihre Versprechen. Sie werden Leute von außerhalb einstellen, Zuzügler.«

»Ich bin auch ein Zuzügler, schon vergessen?«, warf Jessies Vater ein.

Schweigen.

»Schau mal, Cath«, fuhr er schließlich fort, »in den letzten drei Jahren, seit die Sache losgegangen ist, haben wir das alles bestimmt schon tausendmal durchgekaut. Du hast deine Meinung gesagt, du hast für deine Überzeugung gekämpft. Dublin war deine letzte Chance. Der letzte Versuch, das hast du selber gesagt. Cath, um Himmels willen, sogar deine eigene Mutter sagt, du solltest aufgeben.«

»Wage es nicht, meine Mutter gegen mich ins Spiel zu

bringen!« Ihre Stimme war schrill vor Wut. »Was ist eigentlich mit dir los? Du bist doch Künstler, oder nicht? Ein intelligenter, denkender Mensch? Siehst du denn nicht, dass es gegen die Natur ist, die Spitze von einem Berg abzusäbeln, egal von welchem Berg, egal wo, nur für einen Sack voller dreckigem Gold? Alles Gold ist Narrengold, verstehst du das nicht? Wenn man den Gipfel des Big Hill abschneidet und rausholt, was auch immer dadrin stecken mag, saugt man der Insel die Seele aus. Es wird nichts mehr übrig sein. Was soll ich noch machen, damit du das endlich kapierst, Jimmy?« Sie fing an zu weinen, und Jessie stellte sich vor, wie ihr Vater seine Arme um sie schlang, ihren Kopf an seine Schulter bettete und sie tröstete. »Ich kann nicht zulassen, dass sie das machen, Jimmy«, wimmerte sie. »Das geht doch nicht.«

»Ich weiß, ich weiß. Aber was auch immer passiert, Cath, bitte hasse mich nicht für das, was ich denke. Ich war ehrlich zu dir. Ich muss ehrlich sein und sagen, was ich denke, das weißt du. Wir haben ein Leben, das hier verbracht werden will, Jessie, die großgezogen werden will, Holz, das ich schnitzen muss, und ein paar hundert dummer Schafe mit dünnen Beinen und schmutzigen kleinen Schwänzchen. Wir dürfen nicht zulassen, dass die Sache mit dem Big Hill zwischen uns steht.«

Danach war noch eine Menge Schniefen zu hören und dann gedämpftes Lachen.

»Wo wir gerade von Ehrlichkeit reden, Jimmy Parsons …« Die Stimme ihrer Mutter war wieder fröhlicher. »Jess hat wieder versucht auf den Big Hill raufzukommen, stimmt's? Da hat sie sich die Beule geholt, nicht wahr?«

»Wir können sie nicht davon abhalten, Cath. Und ich finde, das dürfen wir auch nicht. Na gut, sie ist hingefallen und hat sich wehgetan, aber zumindest hat sie's versucht. Und wer ist schuld daran? Du. ›Du schaffst es‹, hast du immer zu ihr gesagt, schon vergessen? ›Du kannst alles schaffen, was du willst, du musst es nur fest genug wollen. Pfeif auf deine lästige Lähmung.‹ Tja, und genau das macht sie auch. Sie hat sich in den Kopf gesetzt, auf den Big Hill zu klettern. Sie ist ein tapferes Mädchen mit einem großen Herzen, und ich werde sie nicht davon abhalten, dass sie es immer wieder versucht.«

»Wie weit ist sie gekommen?«

»Bis zum Gipfel natürlich. Das tut sie doch immer. Du kennst doch Jessie und ihr Wunschdenken und ihr Talent zum Geschichtenerzählen. Aber ich glaube, diesmal hat sie es ein gutes Stück weiter nach oben geschafft. Sie war so glücklich, so stolz auf sich. Wäre das nicht großartig, wenn sie es wirklich schaffen würde – wenn sie eines Tages wirklich bis ganz auf die Spitze des Big Hill raufkäme?«

»Da hast du's, Jimmy«, sagte ihre Mutter so leise, dass Jessie es kaum hören konnte, »da hast du noch einen Grund, falls es überhaupt noch einen braucht. Und vielleicht ist das der beste Grund, warum der Big Hill gerettet werden muss. Nenn es heilige Aura, nenn es meinetwegen Hokuspokus, nenn es wie auch immer du willst, aber an diesem Berg ist etwas Besonderes, Jimmy. Ich kann es nicht beschreiben. Ich war in meinem Leben schon ein paar hundertmal da oben, und weißt du was? Ich hab mich kein einziges Mal allein gefühlt.«

Jessie lag im Bett und lauschte und drehte dabei den goldenen Ohrring, den unverrückbaren Beweis dafür, dass sie am Nachmittag den Gipfel des Big Hill bezwungen hatte, in der Hand hin und her. Es juckte sie, nach unten zu gehen, in die Küche zu stürmen und ihnen die ganze Geschichte zu erzählen, von Anfang bis Ende: vom Aufstieg, von der Stimme, vom Ohrring, alles. Sie kochte vor Entrüstung, weil ihre Eltern ihr nicht glaubten, ihr nicht vertrauten. Aber sie wusste, dass es keinen Sinn hatte, sich dagegen wehren zu wollen. Zu oft hatten sie sie schon beim Schwindeln erwischt, beide, ihre Mutter und ihr Vater. Geschichten erzählen konnte Jessie gut, aber sie war eine schlechte Lügnerin, weil sie immer zu weit ging, zu sehr herumphantasierte.

Klar, sie konnte ihnen den Ohrring vor der Nase baumeln lassen, aber was war mit dem Rest der Geschichte? Warum sollten sie ihr glauben, nur weil sie einen Ohrring gefunden hatte? Wieso sollten sie ihr glauben, dass sie eine Stimme gehört und sich mit jemandem unterhalten hatte, der gar nicht da war? Jessie war sich nicht einmal sicher, dass sie selbst es glaubte. Sie sah auf das einzige Beweisstück hinab, das sie besaß. Der Ohrring war immer noch nass von dem Aufenthalt in Barrys Glas, also trocknete sie ihn an ihrem Nachthemd ab.

Unten hatten sie den Fernseher angemacht. Der Big-Hill-Streit war also vorbei – bis zum nächsten Mal.

Jessie stieg aus dem Bett und setzte sich vor den Spiegel. Sie hielt sich den Ring ans Ohr und drehte sich zur Seite, um sich im Profil zu betrachten. Sie musste ihn anprobieren, beschloss sie. Im vergangenen Jahr hatte sie sich in Galway Ohrlöcher stechen lassen. Sie holte ihre Nachtstecker heraus. Es tat ein bisschen weh, aber sie ertrug alles mit zusammengebissenen Zähnen, bis der Ohrring schließlich von ihrem Ohrläppchen baumelte, goldgelb glänzend im Licht der Lampe.

»Perfekt«, sagte eine Stimme hinter Jessie, dieselbe Stimme, die sie auf dem Big Hill gehört hatte.

Ein warmer Schauer kroch Jessie den Rücken hoch und ließ ihr die Härchen im Nacken zu Berge stehen. »Bildhübsch. An mir hat das Ding nicht mal halb so gut ausgesehen. Vielleicht finde ich irgendwann auch den zweiten, für das andere Ohr. Irgendwo muss er ja sein. Übrigens: Wer ist der Junge im Zimmer nebenan?«

»Mein Cousin Jack«, hauchte Jessie. »Aus Amerika.«

»Na so was«, erklang die Stimme wieder. »Amerika. Ich war mal da, weißt du. Ist schon lange her, aber ich war da. Vielleicht erzähle ich dir eines Tages davon.«

»Ich werd doch nicht verrückt, oder?«, fragte Jessie. »Du bist doch wirklich da, oder?« Sie fröstelte auf einmal.

»Sicher bin ich da, Jessie«, erwiderte die Stimme. »Und du bist kein bisschen verrückt, das garantiere ich dir. Es ist nur ... Ich muss etwas tun und das kann ich nicht allein. Ich brauche Hilfe. Ich brauche ein, zwei Freunde mit ein bisschen Mumm in den Knochen, wenn du verstehst, was ich meine. Ich hab die Erfahrung gemacht – und glaub mir, ich hab zu meiner Zeit etliche Erfahrungen gemacht –, dass man sich seine Freunde sehr sorgfältig aussuchen muss.«

»Aber wozu brauchst du einen Freund?«

»Alles zu seiner Zeit, Jessie.« Die Stimme klang jetzt schwächer. »Ich melde mich dann wieder.«

Für den Bruchteil einer Sekunde tauchte im Spiegel hinter ihr ein verschwommenes Gesicht auf – eine dunkle, zerzauste Haarmähne, große, strahlende Augen und der Hauch eines Lächelns im Gesicht einer Frau, die weder alt noch jung, sondern irgendwie beides zugleich war.

Jessie wirbelte herum.

Das Zimmer war leer. Sie konnte spüren, dass da niemand mehr war, aber sie wusste, dass da jemand gewesen sein musste und jetzt wieder verschwunden war. Sie hatte es sich nicht eingebildet. Langsam nahm sie den Ohrring heraus, ließ ihn in Barrys Goldfischglas plumpsen und legte einen Stein darüber. Dann wischte sie sich die nasse Hand am Nachthemd ab und schlüpfte ins Bett.

Ein gleichmäßiges Dröhnen drang von nebenan zu ihr herüber. Es dauerte ein paar Augenblicke, bis Jessie begriff, was es war. Jack schnarchte, genau wie Panda, nur noch lauter. Auf einmal ging die Tür auf und Jessies Mutter erschien auf der Schwelle, ihre Gestalt dunkel gegen das hell erleuchtete Rechteck der Türöffnung.

»Bist du noch immer wach?«

»Ja, Mum.«

»Wie geht's der Beule?«

»Prima.«

»Möchtest du einen Gutenachtkuss haben?« Ihre Mutter setzte sich neben sie auf die Bettkante und nahm sie fest in die Arme. »Ich hab euch beide sehr lieb, das weißt du«, flüsterte sie Jessie ins Ohr. »Aber ich kann nicht aufgeben, wenn es um den Big Hill geht. Das verstehst du doch, oder?«

»Klar.«

Ihre Mutter küsste sie auf die Stirn und lehnte sich wieder zurück. »Und mach dir keine Sorgen wegen Jack. Er ist ganz nett, du wirst schon sehen. Er hat eine schlimme Zeit hinter sich, weißt du, weil seine Mutter doch weggegangen ist und weil es seinem Vater nicht gut geht. Lass ihm Zeit, ja? Sei ein braves Mädchen.« Sie erschauerte und sah sich um. »Brrr, scheußlich kalt hier drin«, sagte sie. »Hast du das Fenster aufgehabt?« Als Jessie den Kopf schüttelte, zog ihre Mutter ihr die Decke bis unters Kinn hoch und stand auf. »Dann war vielleicht ein Geist hier«, sagte sie lachend. »Wo Geister herumspuken, ist es immer kalt, heißt es.«

Plötzlich fiel Jessie etwas auf: Das Gesicht, das zu ihr herunterlächelte, das Gesicht ihrer Mutter, sah dem Gesicht im Spiegel sehr ähnlich. Das gleiche Lächeln. Das gleiche Haar, sogar der gleiche Mund.

»Du warst nicht zufällig gerade eben schon mal hier, Mum?«, fragte Jessie.

»Nein. Wieso?«

»Dann hab ich vielleicht von dir geträumt.«

»Ja, mag sein. Und jetzt schlaf.« Damit ging sie aus dem Zimmer und ließ Jessie allein im Dunkeln zurück.

Ich hab einen Geist gesehen, dachte Jessie. Ich hab einen Geist gehört. Ich hab die Kälte von einem Geist gespürt. Ich sollte mir jetzt eigentlich vor Angst in die Hosen machen, aber ich tu's nicht.

Das Schnarchen von nebenan wiegte sie in einen tiefen Schlaf.

Am nächsten Morgen marschierten Jessie und Jack den Feldweg entlang in Richtung Schule. Mole folgte mit einigem Abstand.

»Du schnarchst, wusstest du das?«, sagte Jessie.

»Ich schnarche nicht.«

»Woher willst du das wissen? Wenn du schläfst, kannst du dich doch nicht hören. Ich hab dich gehört.«

»Na und? Wenigstens führe ich keine Selbstgespräche.«

Jessie wusste sofort, was er gehört hatte. »Ach das ... Ich hab nur mit einem Geist gesprochen.« Das war zur Hälfte nur so dahingesagt, aber zur Hälfte auch, weil sie sich danach sehnte, es jemandem zu sagen, und sie wusste, dass er ihr nicht glauben würde. Sie hatte Recht.

Er sah auf sie herunter und lächelte. »Ach ja?«

Jessie zuckte mit den Schultern. »Glaub doch, was du willst. Ist mir egal.« Die Schulglocke bimmelte. »Manchmal glaube ich, Mrs Burke ist ein Geist. Sie schwebt irgendwie, und manchmal taucht sie wie aus dem Nichts auf.«

»Wer ist Mrs Burke?«

»Meine Lehrerin. Jetzt auch deine Lehrerin. Und Schulleiterin ist sie auch. Eine vertrocknete Schlaftablette. Na los, wir kommen noch zu spät. Und sie frisst einen auf, wenn man zu spät kommt.« Sie sah zu Jack hoch und grinste. »Keine Angst, du bist ihr bestimmt zu mager. Mrs Burke mag lieber dicke kleine Dinger wie mich.« Als er die Lippen zu einem Lächeln verzog, blitzte seine Zahnspange im Sonnenschein.

Sie hasteten voran, an der Abtei und der Kirche vorbei, und bogen dann auf den Weg Richtung Schulhof ein. Es war merkwürdig ruhig auf dem Hof, und Jessie wurde schnell klar, woran das lag. Die ganze Schule wartete auf sie. Schweigend und mit aufgerissenen Augen starrten ihnen alle durch den Schulzaun entgegen.

»Das ist mein Cousin«, verkündete Jessie. »Er heißt Jack und kommt aus Amerika. Und jetzt hört gefälligst auf zu gaffen, klar?«

Stahlschnauze

Willkommen an unserer kleinen Schule, Jack.« Mrs Burke nahm ihre Brille ab und legte sie auf ihre aufgeschlagene Bibel, wie sie es nach dem Morgengebet immer tat. »Mir ist aufgefallen«, fuhr sie fort, »dass beim heutigen Gebet bei weitem nicht alle ihre Augen geschlossen hatten. Ich weiß, es kommt euch so vor, als hätten wir jemanden von einem fremden Planeten zu Gast, aber Jack stammt nur aus den Vereinigten Staaten von Amerika, die einfach nur jenseits des Atlantiks liegen, mehr nicht. Kaum jemand von uns, der nicht einen Onkel, eine Tante, einen Vetter oder wen auch immer da drüben hätte. Wie ihr seht, haben Amerikaner auch zwei Beine, genau wie wir, zwei Arme und zwei Augen, und sie sprechen sogar in etwa die gleiche Sprache, nicht wahr, Jack?«

Jack rang sich ein Lächeln ab.

»Also, Kinder, jetzt wird nicht mehr gestarrt, einverstanden? Das ist weder höflich noch gastfreundlich. Jack bleibt die letzten Schulwochen hier, und über die Sommerferien auch, soviel ich weiß. Also werdet ihr ihn noch lange genug sehen können. Und wir wollen doch, dass er am Ende schöne Erinnerungen von Clare Island mit nach Hause nimmt. Also: Zeigen wir ihm, wie gastfreundlich wir sein können, einverstanden?«

Liam Doherty nahm sich Mrs Burkes Worte zu Herzen. In der Pause ging er schnurstracks auf Jack zu; und wo Liam war, fanden sich immer schnell auch andere ein. Im Handumdrehen hatten sie Jack an den hinteren Zaun des Schulhofs gedrückt und bombardierten ihn mit Fragen: über Baseball und American Football, über Cowboys und Polizisten. Liam fragte, ob er sich mal Jacks Baseballmütze aufsetzen dürfte, und Jack reichte sie ihm, wenn auch etwas widerstrebend. Danach machte die Mütze die Runde, aber als es zum Pausenende klingelte, hatte er sie wieder zurück. Mittlerweile sah er so aus, als würde er die ganze unerwartete Bewunderung genießen, ja sich regelrecht darin suhlen, fand Jessie, und sie war leicht verärgert darüber.

Wo auch immer Jack hinging, Liam und seine Bande folgten ihm unweigerlich. Marion Murphy schien auch einen Narren an ihm gefressen zu haben, denn sie entfernte sich nie mehr als ein paar Meter von Jack. Jessie dagegen blieb auf Abstand. Jack schien vergessen zu haben, dass es sie überhaupt gab. Den Rest des Tages redete er kaum ein Wort mit ihr, nicht mal beim Mittagessen. Am Nachmittag war Jessie schließlich so weit, dass sie innerlich kochte, und das ließ ihre Schreibarbeiten noch schlechter ausfallen als sonst schon.

Jessie war im Schönschreiben noch nie gut gewesen – und deswegen hasste sie es. Was sie auch anstellte, egal wie sehr sie sich auch anstrengte, die Buchstaben gerieten ihr immer ganz schief und krumm. Alle anderen in der Klasse konnten besser schreiben – und schneller. Jessies Hände wollten einfach nicht auf das hören, was ihr Gehirn ihnen sagte. Und es waren nicht nur ihre Hände. Auch die Zehen gehorchten ihr nicht. Immer wenn sie versuchte zu schreiben, kringelten sich ihre Zehen in den Schuhen ein, krampften sich richtig zusammen. Jessie konnte nichts dagegen tun.

Mrs Burke kam zu ihr und beugte sich über den Tisch, um zu sehen, wie Jessie vorankam. »Du musst dir einfach mehr Mühe geben.« Sie sagte das nicht zum ersten Mal, aber es tat Jessie jedes Mal wieder weh. »Also schau dir mal dieses Gekrakel an – wie eine verrückt gewordene Spinne. Ich red mir immer wieder den Mund fusslig: Halt den Stift so, drück den Zeigefinger dagegen. Dann kannst du ihn besser festhalten.«

Woher will sie wissen, was meine Hände können und was nicht?, dachte Jessie. Glaubt sie etwa, ich *will* den Stift nicht richtig festhalten?

»Blättere die Seite um und versuch's noch mal, Jessie.«

Jessie seufzte hörbar und bewusst aufmüpfig.

»Das hab ich jetzt überhört, Jessie Parsons. Ich habe nicht vor, dich anders als die anderen Kinder zu behandeln. Es geht nicht an, dass du dein Leben lang vor Selbstmitleid zerfließt.«

Das war der Augenblick, in dem Jessie endgültig die Nase voll hatte. »Ich zerfließe nicht vor Selbstmitleid, Miss«, stieß sie hervor. Sie war so aufgebracht, dass sie einfach nicht aufhören konnte. »Und Sie behandeln mich sehr wohl anders. Sie haben mich nicht mitgenommen auf den Big Hill. Sie haben gesagt, ich kann da nicht rauf. Ich kann aber! Ich hab's geschafft, ich bin den Big Hill hochgeklettert. Ganz allein, bis ganz nach oben.«

»Was hast du gemacht?«

»Ich bin auf den Gipfel geklettert«, wiederholte Jessie.

Mrs Burkes zorniges Stirnrunzeln verwandelte sich in ein halb verächtliches Lächeln. »Das glaube ich kaum, Jessie. Ich glaube, du willst sagen, du bist den Berg in deiner Phantasie hochgeklettert. Du hattest schon immer eine überbordende Phantasie. Aber du darfst auf keinen Fall – und das hab ich dir schon mehr als einmal gesagt – das eine mit dem anderen verwechseln, die Wirklichkeit mit der Phantasie. Vielleicht hat dir dein Vater raufgeholfen, hat dich huckepack raufgetragen, hm?«

»Ich hab's ganz allein geschafft«, beharrte Jessie furchtlos und heftete ihren Blick mit unverhohlener Verachtung auf Mrs Burke.

»Jessie Parsons.« Mrs Burke schaute streng auf sie herunter und strich sich eine graue Haarsträhne hinters Ohr. »Was du da sagst, ist die Unwahrheit, eine Lüge! Und eines zumindest will ich dir beibringen, bevor du die Schule verlässt: die Wahrheit zu sagen.« Die Klasse beobachtete sie schweigend. Als Mrs Burke weitersprach, war ihre Stimme ganz dünn von dem bedrohlichen Unterton. »Du bist *nicht* auf den Big Hill geklettert, und ich lasse nicht zu, dass du das Gegenteil behauptest. Ich lasse nicht zu, dass du deine Behinderung als Waffe gegen die Welt einsetzt, als eine Ausrede für deine Lügen. Du schreibst jetzt fünfzig Mal Folgendes – und zwar hübsch ordentlich, klar? ›Ich bin nicht auf den Big Hill geklettert.‹ Hast du mich verstanden? Du hast eine Woche Zeit. Und jetzt will ich kein Wort mehr darüber hören.«

Es gab danach noch viele Worte darüber, die meisten von Marion Murphy, alle ungläubig, die meisten spöttisch. Jessie ließ alles über sich ergehen – das war das Beste.

Jack hielt sich aus allem raus und sagte erst etwas, als sie nach der Schule gemeinsam nach Hause gingen. »Hast du's getan?«, fragte er aus heiterem Himmel.

»Was getan?«

»Bist du wirklich den Berg hochgeklettert?«

»Wenn ich was sage, dann stimmt das auch!«, stieß Jessie hervor.

»Bis ganz auf den Gipfel?«

»Ja, und zwar auf diesen zwei Beinen«, erwiderte Jessie säuerlich. »Andere hab ich nicht.«

Ein paar Minuten herrschte Schweigen.

»Ich hab meine Rollerblades mitgebracht«, sagte Jack dann.

»Und?«

»Willst du's mal versuchen?«

Jessie lächelte zum ersten Mal an diesem Tag. »Klar«, sagte sie und dann redeten sie eine Weile weiter, bevor sie sich die Frage zu stellen traute, die ihr schon vom ersten Augenblick an im Kopf herumgegangen war. »Warum hast du das ganze Metall da im Mund?«

»Damit meine Zähne gerade bleiben«, antwortete Jack. »Ich hab Gehschienen. Weißt du, was das ist?«

Jack schüttelte den Kopf.

»So was Ähnliches wie deine Zahnspange, nur für die Beine«, erklärte Jessie. »Ich kann sie nicht leiden, also zieh ich sie nur an, wenn's unbedingt sein muss. Weißt du, wie Liam Doherty dich genannt hat?«

»Nein.«

»Stahlschnauze«, sagte sie.

Jack bleckte die Zähne in ihre Richtung und lachte.

Das mit den Rollerblades war kein durchschlagender Erfolg, jedenfalls nicht für Jessie. Sie fuhren auf dem Straßenstück am Ende des Feldwegs. Das war geteert und streckenweise richtig glatt, aber es gab auch jede Menge Schlaglöcher und aufgeworfene Stellen. Und am schlimmsten waren die herumliegenden Schafsköttel. Außerdem waren natürlich die Schafe selber da, und Mole stand irgendwie ständig absichtlich im Weg. Tagelang trainierte Jessie mit Jack, aber egal, wie viel Mühe sie sich gab, sie konnte nur aufrecht stehen, wenn sie sich an ihm festhielt. Sobald sie Jack losließ, fiel sie einfach um. Am Ende blieb ihr nichts anderes übrig als sich auf die Bank zu setzen und ihm zuzuschauen, wie er die Straße rauf- und runterflitzte, scheinbar schwerelos und mit vollendeter Anmut im Zickzack dahinglitt.

Für Jessies Selbstwertgefühl war das alles andere als erbaulich. Außerdem war da noch ihre Strafarbeit. Mrs Burke hatte ihr eine Woche Zeit gegeben. Die eine Woche war fast um und Jessie hatte noch gar nicht angefangen.

Spät am Abend saß sie immer noch am Küchentisch und schrieb an ihren fünfzig Zeilen, als sie auf einmal den Traktor den Feldweg hochtuckern hörte. Ihre Mutter kam herein, stieg aus ihren Stiefeln und wusch sich die Hände am Spülbecken.

»Hausaufgaben?«, fragte sie.

»Strafarbeit«, erwiderte Jessie und legte den Arm so um das Heft, dass man nicht sehen konnte, was sie schrieb.

»Warum? Was hast du angestellt?«

»Nichts. Meine Schönschriftversuche waren nicht gut genug, das ist alles.« Mehr würde sie dazu nicht sagen.

»Wie viele Zeilen musst du schreiben?«

»Fünfzig.«

»Das ist doch gar nichts. Als ich noch zur Schule ging, hab ich immer mindestens hundert aufbekommen.«

Jessie hätte gern über Mrs Burke geschimpft, aber das hatte keinen Sinn. Mrs Burke war ja schließlich nicht die Einzige, die ihr nicht glaubte, dass sie auf dem Big Hill gewesen war. Nicht mal ihre eigenen Eltern glaubten ihr. Sie taten so, als würden sie ihr glauben, damit sie sich besser fühlte, aber in Wahrheit glaubten sie ihr nicht. Außerdem hatte Jessie schon vor langer Zeit die Erfahrung gemacht, dass weder ihr Vater noch ihre Mutter es gern hörten, wenn sie sich über Mrs Burke aufregte. Also behielt sie es immer für sich, wenn es Ärger in der Schule gab.

»Wo ist Jack?«, fragte ihre Mutter.

»Oben, er hört Walkman. Er hat zwei Walkmen und drei Gameboys. Haben die zu Hause einen Goldesel, oder was?«

»Dein Onkel Sean hat sich alles schwer erarbeitet, Jess. Vielleicht ist er ja deswegen auch krank geworden.«

»Was hat er denn überhaupt?«

»Er ist sehr schwer krank. Lassen wir's dabei, ja?«

»Wird er wieder gesund?«

»Ja«, antwortete ihre Mutter leise. »Wenn Gott will.« Sie schlang Jessie die Arme um den Nacken und drückte sie an sich. »Wir gehen heute aus, dein Vater und ich, das weißt du ja, nicht? Insel-Versammlung.«

»Wegen dem Big Hill schon wieder, nehme ich an.« Jessie seufzte und ihre Mutter wich zurück. »Redet hier denn keiner mehr über was anderes?«

»Ist es dir denn egal, was mit dem Berg passiert, Jess?«, hakte ihre Mutter nach und setzte sich ihr gegenüber an den Tisch.

»Es ist mir natürlich nicht egal, aber wieso müssen sich alle immer so darüber aufregen? Du und Dad, ihr schreit euch deswegen ständig an. Nie seid ihr euch einig. Nie ist sich irgendjemand einig über den Big Hill.«

»Manchmal muss man schreien, sonst hören die Leute einem nicht zu, Jess.« Ihre Mutter beugte sich über den Tisch und hob Jessies Kinn an, sodass sie ihr in die Augen schauen musste. »Und es gibt einfach Sachen, die sehr wichtig sind«, sagte sie.

»So wichtig können sie nicht sein«, widersprach Jessie. »Ich hasse es, wenn du mit Dad streitest. Außerdem weiß ich nicht, was das ganze Getue soll. Die Minenleute haben doch versprochen, dass sie den Berg hinterher wieder in Ordnung bringen, oder nicht?«

»Es gibt Dinge, die kann man nicht mehr in Ordnung bringen, Jess«, erwiderte ihre Mutter. »Das ist wie bei einem Ei. Man kann die Spitze abschlagen, aber man kann sie hinterher nicht mehr draufsetzen, verstehst du?«

»Ich hab keine Lust auf deine doofen Gespräche«, schrie Jessie und schleuderte ihren Stift beiseite. Tränen stiegen ihr in die Augen. »Siehst du? Sobald wir darüber reden, fangen wir an zu schreien.«

Jack stand auf der Türschwelle. Bleich und verzweifelt sah er zwischen den beiden hin und her.

»Sie ist weg«, sagte er. »Ich hab überall gesucht. Ich hab sie verloren.«

»Worum geht's denn, Jack?« Jessies Mutter ging auf ihn zu.

»Meine Glückspfeilspitze. Sie war in meiner Jackentasche und jetzt ist sie weg.«

»Wir finden sie schon, Jack«, sagte Jessies Mutter. »Mach dir keine Sorgen. Irgendwo muss sie ja sein.«

»Ich geh nirgends hin ohne meine Pfeilspitze. Sie bringt mir Glück.« Jessie sah, dass seine Augen ganz rot waren vom Weinen. »Wenn ich sie nicht wiederfinde, hab ich nie wieder Glück, das weiß ich.«

»Wir finden sie«, wiederholte Jessies Mutter. »Sie wird schon auftauchen, du wirst sehen. Wie wär's jetzt erst mal mit einem leckeren Honigbrot? Magst du Honig, Jack? Bei uns gibt es den besten Honig in ganz Irland. Probier doch mal.«

Jack schmeckte der Honig – solange er ihn über seine Erdnussbutter schmieren konnte. Das war so ziemlich das Erste, was ihm schmeckte, seit er bei Jessies Familie wohnte. Jessie schaute ehrfürchtig zu, wie er vier Brotscheiben mit Erdnussbutter und Honig verschlang und dann mit einer Cola nachspülte. Danach schien es ihm wesentlich besser zu gehen. Sie stellten Jacks Zimmer auf den Kopf auf der Suche nach seiner Glückspfeilspitze, durchsuchten jede Schublade, jede Tasche. Nichts. Sie gingen das Straßenstück, wo sie mit den Rollerblades gefahren waren, mehrmals auf und ab. Nichts. Schließlich fing es an zu regnen und sie mussten ins Haus gehen.

»Morgen«, sagte Jessies Mutter. »Wir suchen morgen weiter. Ich muss mich jetzt für die Versammlung fertig machen.«

An diesem Abend waren Jack und Jessie auf sich allein gestellt, mit Erdnussbutter-und-Honig-Sandwiches zum Abendessen. Jessie gab es nicht gern zu, aber sie war richtig auf den Geschmack gekommen. Sie aß die Sandwiches, während sie ihre Strafarbeit schrieb. Der Fernseher lief in der Ecke. Sie zeigten wieder Fußball – oder »Soccer«, wie Jack immer sagte. Auf einmal wurde Jessie bewusst, dass Jack ihr über die Schulter schaute.

»Du hast ein Wort ausgelassen«, sagte er und zeigte auf die Seite. »Da steht: ›Ich *bin* auf den Big Hill geklettert.‹«

»Hab ich doch gesagt, dass ich oben war«, erwiderte Jessie.

»Ich weiß, aber Mrs Burke hat gesagt …«

»Ist mir egal, was Mrs Burke gesagt hat. Sie hat mir schon

oft Strafarbeiten aufgegeben, Hunderte von Zeilen. Sie wird sie sowieso nicht lesen, das tut sie nämlich nie, und ich hab keine Lust, etwas hinzuschreiben, was nicht stimmt. Ich bin den Big Hill hochgeklettert, und ich werde nicht sagen, dass ich es nicht getan hab, weder für Mrs Burke noch für sonst wen.«

Jack grinste. »Mein Dad würde sagen, du hast ordentlich Mumm in den Knochen.«

»Seid ihr eigentlich sehr reich?«, fragte Jessie.

Jack sah sie einen Augenblick an. »Yeah«, antwortete er. »Man könnte sagen, wir haben ziemlich vieles, was ihr gerne hättet. Zwei Häuser, eins auf Long Island und eine Farm oben in Vermont. Zwei Boote, drei Autos. Das ist ziemlich reich, würde ich sagen.«

»Drei Autos? Wozu braucht ihr drei Autos?«

»Na ja, eigentlich nur zwei und dazu der VW Käfer, an dem ich bastle. Ich liebe Motoren.«

»Dein Vater, Onkel Sean – wie kommt's, dass er so viel Geld hat?«

Jack zuckte mit den Schultern. »Keine Ahnung. Er macht einfach Geld. Er macht, dass das Geld wiederum Geld macht, sagt er. Er erzählt mir nicht sehr viel darüber. Dad ist klasse. Er fährt oft mit mir weg – zum Jagen, zum Skifahren und so. Nur wir zwei ganz allein.«

»Und was ist mit deiner Mum?« Jessie wusste, dass sie die Frage lieber nicht hätte stellen sollen, und sie war erleichtert, als Jack nicht böse wurde.

»Ich seh sie nicht mehr«, sagte er leise. »Dad sagt, das ist am besten so. Wahrscheinlich hat er Recht. Früher sind sie sich ständig an die Gurgel gegangen, haben sich angeschrien und so.«

Sie wollte ihn fragen, wie Onkel Sean so war, aber sie wusste nicht, wie sie anfangen sollte.

»Dieser Streit wegen dem Big Hill neulich, vor ein paar Tagen«, fuhr Jack fort, »worum ging's da?«

»Das hast du mitbekommen?«

»Und Marion Murphy in der Schule. Immer wieder fängt sie damit an.«

»Wundert mich nicht«, erwiderte Jessie. »Es geht um diese dämliche Goldmine. Da gibt's Leute, die sie haben wollen, und Leute, die sie nicht haben wollen – na ja, nicht viele, eigentlich nur Mum und der alte Mister Barney. Der Dad von Marion, Mister Murphy, der hat mit allem angefangen. Der Big Hill gehört ihm, und er hat überall herumerzählt, die Mine würde der Insel einen Haufen Arbeitsplätze und einen Haufen Geld bringen. Er hat mittlerweile fast jeden überzeugt, sogar Dad. Heute ist die große Versammlung, die endgültige Abstimmung. Mum weiß, dass sie verlieren wird, aber sie will trotzdem nicht aufgeben. Sie findet, es ist falsch. Dad findet, es ist richtig. Deswegen haben sie sich gestritten.«

»Davon hab ich zu Hause früher genug gehabt«, sagte Jack. »Streit, meine ich. Mom hat Dad angeschrien, Dad hat Mom angeschrien. Irgendwann haben sie nicht mal mehr miteinander gesprochen. Und dann ist Mom einfach weggegangen.« Er sah Jessie eindringlich an, fast, als wäre das eine Warnung.

Jessie saß aufrecht im Bett und dachte immer noch über das nach, was Jack gesagt hatte, als Clatterbang draußen vorfuhr. Panda kratzte an der Tür, um reingelassen zu werden, aber dann stürmte er wie ein Wirbelwind die Treppe hinunter. Jessie hörte, wie in der Küche ein Wasserhahn lief und dann ein Kessel aufgesetzt wurde.

Ihr Vater fing als Erster an zu reden. »Na ja, vielleicht finden sie nicht genug Gold, dass es sich lohnt.«

»Aber dann ist der Schaden schon entstanden«, lautete die Antwort. »Wie auch immer – sie werden den Gipfel absäbeln, um herauszufinden, was darunter ist. Aber das ist hier gar nicht der Punkt! Du hast gegen mich gestimmt, in aller Öffentlichkeit, sodass alle es sehen konnten. Nur Mister Barney hat sich für den Berg stark gemacht, Mister Barney und ich. Und was sagt Michael Murphy? Dass Mister Barney im Eigeninteresse handeln würde, bloß weil er dann umziehen muss, und dass die Bergwerksgesellschaft ihm sooo ein hübsches Haus hinstellen würde, in das er ziehen kann. ›Eine zumutbare Unannehmlichkeit‹ nennt er das. Der arme Mister Barney. Und hast du dich etwa für ihn eingesetzt? Nein. Hast du mir den Rücken gestärkt? Nein. Ich hab mich gefühlt, als hättest du mir ein Messer ins Herz gestoßen, Jimmy. Genau so fühle ich mich immer noch.«

Jessie zog sich die Bettdecke über den Kopf und drückte sich ein Kissen auf die Ohren. Sie wollte nichts mehr hören. Sie wollte nicht mehr daran denken. Aber es ging nicht anders. Sie fragte sich, was wohl aus ihr werden würde, wenn ihre Eltern sich trennten, wie Jacks Eltern es getan hatten, bei wem sie dann leben würde. Bei ihrem Vater wäre es sicher lustiger. Der konnte wenigstens ihre lästige Lähmung vergessen und sie normal behandeln. Sie liebte ihn dafür. Aber er knuddelte sie nicht besonders oft. Ihre Mutter schon. Wenn sie richtig Ärger hatte, ging sie immer zu ihrer Mutter. An ihrer weichen Schulter konnte sie sich ausweinen, und ihre Mutter strich ihr immer sanft übers Haar. Jessie liebte sie dafür. Jetzt weinte sie auch, aber sie versuchte aufzuhören, weil sie nicht wollte, dass sie es unten mitbekamen. Ein leises Klopfen, dann ging die Tür auf. Jessie schob die Bettdecke beiseite.

Jack stand auf der Türschwelle. »Ich hab nachgedacht«, sagte er langsam. »Du wirst wegen deiner Strafarbeit richtig Ärger kriegen.« Er kam weiter ins Zimmer rein. »Alles okay mit dir?«

»Ja.«

»Wie gesagt, ich hab nachgedacht. Wenn Mrs Burke doch liest, was du geschrieben hast, und du Ärger bekommst, dann könntest du es ihr doch beweisen, ihr und allen Kindern an der Schule.«

»Was meinst du damit?«

»Wie wär's, wenn ich Liam Doherty und ein paar andere zusammentrommle, und wir gehen alle mit dir auf den Big Hill rauf, und hinterher erzählen wir es Mrs Burke? Dann müsste sie uns glauben, stimmt's? Würdest du das machen?«

»Klar«, stieß Jessie hervor, ohne wirklich nachzudenken. Das Ganze kam ihr vor wie eine Mutprobe, als würde Jack ihr vielleicht auch nicht glauben. Aber als sie doch darüber nachdachte, begann sie ihre Zustimmung sofort zu bereuen. Nur weil sie einmal auf den Big Hill raufgekommen war, hieß das noch lange nicht, dass sie es noch mal schaffen konnte.

»Aber«, wandte sie ein, »wenn sie es nicht liest – und das wird sie nicht –, dann muss ich es nicht tun, oder?« Sie hoffte inständig, dass sie Recht behielt.

»Deine Mom hat also die Abstimmung verloren?«, fragte Jack.

Sie nickte. »Bis morgen«, sagte sie dann und er ging wieder in sein Zimmer.

Jessie konnte in dieser Nacht nicht einschlafen, und das lag nicht nur an der Eule draußen. Ihr schwirrte der Kopf vor lauter Verwirrung und Hin und Her und Ängsten. Hatte Jack Recht mit dem, was er über das Streiten gesagt hatte? Würde alles immer schlimmer und schlimmer werden, bis ihre Eltern sich am Ende trennten? Sollte sie in der Strafarbeit das eine Wort einfügen, das ihr morgen in der Schule das Leben leichter machen würde? Wenn sie es tat und wenn Mrs Burke es las, dann musste sie wenigstens nicht noch mal auf den Big Hill hoch. Und was würde passieren, wenn sie vor den Augen der anderen raufzuklettern versuchte und es nicht schaffte? Das würde sie niemals überleben. Schon allein wegen Marion Murphy. Und mit der war es auch noch so eine Sache. Marion Murphy trieb sich viel zu sehr in Jacks Nähe herum und das gefiel Jessie nicht. Es gefiel ihr nicht im Geringsten.

Irgendwann stieg sie aus dem Bett und beobachtete Barry eine Weile. Er schlief auf dem Grund seines Goldfischglases, atmete nur, sonst nichts. Es war ein Kinderspiel, ihn aufzuwecken, indem sie die Hand ins Wasser steckte und auf der Suche nach dem Ohrring zwischen den Steinen herumstöberte. Und was war mit der Stimme, die sie auf dem Big Hill gehört hatte? War die echt oder hatte Jessie sie sich nur eingebildet? Was war mit dem Gesicht im Spiegel und dem Ohrring in ihrer Hand? Was ging hier überhaupt vor? Jessies Füße wurden langsam kalt, also versteckte sie den Ohrring wieder tief zwischen den Steinen, wünschte Barry eine gute Nacht und kletterte zurück ins Bett.

Der Mond erhellte ihr Zimmer und die Schatten der Baumzweige tanzten über ihrem Kopf an der Decke. »Bist du da?«, flüsterte sie. »Kannst du mich hören?« Die Eule antwortete ihr vom Turm der Abtei. »Klappe«, sagte Jessie. »Mit dir hab ich nicht gesprochen.«

Aber dann fiel sie schließlich doch in einen unruhigen Schlaf, den Blick auf die tanzenden Schatten gerichtet, die ihr auf einmal nicht mehr wie Schatten, sondern wie Wellen vorkamen. Ein Schiff kämpfte sich durch die Wellen und am Bug stand eine Frau. Ihr Haar flatterte im Wind, ihr Umhang peitschte ihr um die Schultern und über ihr wehte eine Flagge mit einem roten Schwein darauf. Dann schaute die Frau von der Zimmerdecke zu Jessie herab und lächelte sie an. »Es ist schon spät, Jessie«, sagte sie. »Schlaf jetzt. Morgen ist alles halb so schlimm. Das ist immer so, verlass dich drauf.«

Der Geist von Grania O'Malley

Und in der Tat – am folgenden Tag war alles halb so schlimm. Mrs Burke erinnerte sich daran, dass die Woche um war, und forderte die Strafarbeit ein. Wie erwartet und erhofft, warf sie nicht mehr als einen flüchtigen Blick darauf und ließ sie dann in den Papierkorb fallen. »Und von jetzt an keinen Quatsch mehr, Jessie«, sagte sie, und das war's.

Jessie sah zu Jack hinüber und legte ihre ganze Erleichterung in ein Lächeln. Sie würde es nicht beweisen müssen, sie würde nicht noch einmal auf den Big Hill klettern müssen. Für Jessie war dieser Schultag ein einziger Seufzer der Erleichterung.

Seine Rollerblades machten Jack ohne Frage zum umschwärmtesten Schüler, den die Schule je gesehen hatte. Jessie setzte sich auf ihren Platz auf der Mauer, ließ die Beine baumeln und sah ihm zu. Sie war richtig stolz darauf, dass Jack ihr Cousin war. Sehr viel weniger gefiel ihr, wie Marion es hindrechselte, dass sie mehr Runden drehen konnte als alle anderen, und wie sie immer, wenn sie hinfiel, Jacks Hilfe beim Aufstehen brauchte. Miss Jefferson probierte die Rollerblades auch aus, und sie machte sich gar nicht schlecht. Jack zeigte ihr, was sie tun musste, dann trat er zurück. Sie geriet nur einmal ins Schwanken, als sie quer über den Schulhof fuhr, und alle schrien und klatschten, sogar Mrs Burke. Das schien sie für den Rest des Tages in gute Stimmung zu versetzen.

Am Nachmittag stellten sie eine vergleichende Untersuchung an: Clare Island, County Mayo, Irland, und Long Island, Bundesstaat New York, USA. Die eine Insel war kaum vier Meilen lang, die andere über hundert; die eine konnte man nur mit der Fähre erreichen, die andere über eine Straße und eine Zugverbindung von und nach New York; die eine war bis vor vierhundert Jahren von Indianern bewohnt gewesen (Jack sagte, die richtige Bezeichnung sei »Ureinwohner Amerikas«, nicht »Indianer«), die andere bildete die letzte Festung irisch-gälischer Volksstämme gegen die Normannen und die Engländer.

Dann wurde Liam Doherty aufgefordert, aufzustehen und das Regelwerk des gälischen Fußballs zu erklären, und Jack musste erzählen, inwiefern sich American Football davon unterschied. Jessie fand das alles höchst langweilig, denn zwischen den beiden Sportarten schien es kaum Unterschiede zu geben. Die Tore hatten so ziemlich die gleiche Form, und überhaupt ging es doch nur darum, dass da haufenweise Leute herumrannten und schrien und auf einen Ball eintraten – was sollte daran nur interessant sein? Die Amerikaner trugen komische Helme und zogen sich an wie Riesenmutanten, die Iren nicht – das war für Jessie der einzige Unterschied. Und Liam machte ein immer säuerlicheres Gesicht, weil die Schüler sich für Jacks Vortrag wesentlich mehr interessierten als für das, was *er* zu sagen hatte – das kannten sie ja alles schon.

Mrs Burke machte dem Tag ein Ende, indem sie ihnen erzählte, was Iren und Amerikaner gemeinsam hatten, die Bewohner von Clare Island und die von Long Island. »Das Wichtigste ist«, sagte sie, »dass wir dieselbe Sprache sprechen, und das ist gut so, denn es bedeutet, dass wir einander gut verstehen können. Wir sind beide freiheitliche Demokratien, und dafür müssen wir dankbar sein. Wisst ihr, was eine Demokratie ist?«

Niemand sagte etwas.

»Es bedeutet, dass wir Iren das wählen können, was wir wollen; und ihr Amerikaner könnt das auch, nicht wahr, Jack?«

»Glaub schon«, sagte Jack.

»Nehmt zum Beispiel mal den gestrigen Abend«, fuhr Mrs Burke fort. »Unsere Insel-Versammlung. Das war ein perfektes Beispiel für eine funktionierende Demokratie. Fast alle haben für die Goldmine gestimmt, es gab nur zwei Gegenstimmen. Also wird die Goldmine kommen, ob es einem passt oder nicht. Jetzt kann das niemand mehr verhindern. Das ist die Macht der Demokratie, versteht ihr?«

Das konnte Jessie nicht so stehen lassen. Sie musste eingreifen, sie musste ihrer Mutter den Rücken stärken. Die Wut machte sie auf einmal tapfer. Sie hob die Hand.

»Ja, Jessie?«, sagte Mrs Burke.

»Meine Mutter sagt, Abstimmungen sind schön und gut,

aber nur weil die meisten Leute für etwas sind, heißt das noch lange nicht, dass das auch richtig ist. Sie findet, das mit der Goldmine ist nicht richtig, und Mister Barney denkt genauso.«

Mrs Burke funkelte sie über den Rand ihrer Brille hinweg finster an, dann sah sie zur Wanduhr hoch. »Ich glaube, wir machen Schluss für heute«, sagte sie. »Packt eure Sachen zusammen, Kinder.«

Nach Schulschluss standen sie auf dem Pausenhof und zogen sich gerade die Jacken über die Schultern, als das Geplänkel begann. Marion Murphy war es, die den Stein ins Rollen brachte. Sie schlenderte zu Jessie hinüber, die Lippen wie üblich zu einem Lächeln geschürzt, von dem Jessie wusste, dass es immer Ärger bedeutete. Sie war einen Kopf größer als Jessie und rundum ziemlich gut gepolstert, hatte ein großes rundes Gesicht und den dazu passenden Mund.

»Deine Mum«, fing sie an, »ist die verrückt geworden, oder was? Meine Mum sagt, deine Mum will nur, dass die Männer sie anschauen – deswegen steht sie auf und redet den ganzen Unsinn. Sie ist ein ziemliches Flittchen, sagt meine Mum. Und dann hat sie ja auch noch diesen komischen Zuzügler geheiratet.«

»Aus deinem Mund kommt nur gequirlter Quark, Marion Murphy«, sagte Jessie und stierte sie so verächtlich und vernichtend an, wie sie nur konnte. Aber Marion grinste einfach weiter, also musste Jessie fortfahren: »Es ist Mums gutes

Recht, zu sagen, was sie über den Big Hill denkt. Außerdem hat sie vollkommen Recht und ihr habt alle Unrecht. Man darf *nicht* einfach für ein paar Goldklumpen die Spitze eines Berges abschneiden, außerdem werden sie *sehr wohl* das Wasser vergiften, genau wie meine Mum sagt, und es wird *keine* Arbeitsplätze geben, und sie werden *nicht* alles wieder genauso herrichten, wenn sie fertig sind, wie dein doofer Daddy behauptet. Alles Lügen! Und wenn die Männer meine Mum anschauen, dann nur, weil sie wunderschön ist, und wenn sie deine Mutter nicht anschauen, dann deswegen, weil sie eine hässliche alte Kuh ist.«

Sie war zu weit gegangen, das wusste sie, aber sie hatte sich einfach nicht beherrschen können. Sie zitterte vor Wut und Angst gleichermaßen. Vor körperlichen Angriffen brauchte sie sich wohl nicht zu fürchten – es hatte doch den einen oder anderen Vorteil, wenn man solche Beine hatte. Außerdem konnte Marion zwar laut bellen, aber nicht beißen – hoffte Jessie jedenfalls.

Langsam schloss sich eine Schülermenge um sie, umzingelte sie, fast die ganze Schule. Jessie war froh, als sie merkte, dass Jack neben ihr stand.

Marions Gesicht war puterrot. »Du Krüppel!«, kreischte sie Jessie entgegen. »Du bist nur ein Krüppel, und das weißt du auch, nur ein mieser kleiner Krüppel. Meine Mum sagt, du solltest nicht auf dieselbe Schule gehen dürfen wie wir. Sie sollten dich von hier wegschicken, damit dich keiner mehr anschauen muss.«

Jessie hatte Marion noch nie gemocht, und sie wusste, dass Marion sie ihrerseits auch noch nie gemocht hatte, aber so etwas hatte sie nie zuvor gesagt. Und auch sonst niemand. Vielleicht hatten sie es gedacht – Jessie hatte öfter mal einen komischen Seitenblick erhascht oder gesehen, wie jemand hastig den Blick senkte, und sie wusste, was das zu bedeuten hatte –, aber noch nie hatte einer es laut ausgesprochen. Jetzt hing es plötzlich in der Luft, und Jessie war darüber so erschrocken, dass sie kaum atmen konnte. Sie war sprachlos vor Entsetzen.

Jack übernahm das Reden. »Wir gehen nach Hause«, sagte er und packte Jessie beim Ellbogen. Die Menge teilte sich vor ihnen und schien ein bisschen enttäuscht zu sein, dass es nur zu einem Wortgefecht gereicht hatte.

»Ich hasse sie, ich hasse sie wirklich«, sagte Jessie viel später, als sie die Ruine der alten Abtei hinter sich gelassen hatten. Das Postauto fuhr den Hügel hinab an ihnen vorbei. Mrs O'Leary, Postfrau und Pub-Besitzerin in einer Person, winkte ihnen fröhlich zu.

»Was ist ein Zuzügler?«, fragte Jack. »Marion hat gesagt, dein Dad wäre ein Zuzügler.«

»Jemand wie du – einer von woanders her, Engländer, Iren, alle. Wenn man nicht hier auf der Insel geboren ist, ist man ein Zuzügler.«

»Aha?«, stieß Jack hervor. »Das hieße, dass in den Staaten so ziemlich jeder ein Zuzügler wäre. Na ja, die Ureinwohner

Amerikas vielleicht nicht, aber sogar die sind bestimmt mal von woanders her zugezogen.« Eine Weile stapften sie schweigend weiter.

»Hast du deine Glückspfeilspitze schon gefunden?«, fragte Jessie.

Jack schüttelte den Kopf. »Vielleicht hat sie mir gar nicht so viel Glück gebracht«, sagte er, dann blieb er plötzlich stehen. »He, warte mal. Willst du mich auf deinen Berg da mit hochnehmen? Nimmst du mich mit auf den Big Hill?«

Darauf war Jessie nicht gefasst gewesen. »Was, jetzt?«

»Warum nicht? Du warst doch schon mal oben. Und hinterher erzähle ich den anderen davon. Na, wie wär's?«

»Ich will nicht, dass du ihnen davon erzählst«, erwiderte Jessie. »Ist mir egal, ob sie mir glauben oder nicht. Ist mir egal, ob mir überhaupt jemand glaubt.«

»Ich glaub dir«, sagte Jack. »Ich will einfach nur da hoch, okay? Ich muss rausfinden, warum alle so viel Tamtam darum machen.«

»Okay«, erwiderte Jessie, aber sie meinte mehr als das. Sie meinte: »Danke. Danke, dass du an mich glaubst.« Sie schenkte ihm ein Lächeln, um es ihm zu verstehen zu geben, und dann begann sie sich sofort Sorgen zu machen, ob sie in der Lage sein würde, es noch mal auf den Gipfel zu schaffen. Sie hatte keine andere Wahl als es zu versuchen. Da ging kein Weg dran vorbei.

Sie mussten weiter gehen als bis zum Ende des Feldweges, um zum Big Hill zu gelangen. Mole folgte ihnen, wobei er das

Grünzeug am Wegesrand ausrupfte. Als sie die grasbewachsene Lichtung vor Mister Barneys Baracke erreichten, war auf einmal auch Panda bei ihnen. Mit wild herumwirbelndem Schwanz jagte er durchs Unterholz, Kaninchen hinterher. Jessie zählte stumm ihren Rhythmus mit: eins und zwei, eins und zwei, eins und zwei. Sie hatte keinen Atem zum Reden übrig. Dass Jack bei ihr war, machte es einerseits leichter, andererseits aber auch schwerer. Es war leichter, weil sie wusste, dass er ihr helfen würde, wenn sie stolperte, aber auch schwerer, weil sie wusste, dass er ihr nie mehr etwas glauben würde, wenn sie es nicht auf den Gipfel schaffte.

Als sie zum Bach kamen, der den Pfad kreuzte, setzte sich Jack auf einen Felsen, um Luft zu schnappen, und wischte sich den Schweiß von der Stirn. »Wir sind erst auf halber Höhe«, sagte Jessie und taumelte an ihm vorbei, »also weder oben noch unten. Worauf wartest du?« Es tat ihr gut, sehr gut, zu sehen, wie er da erschöpft auf dem Stein kauerte; aber noch besser ging es ihr, als sie die Rinne jenseits des Wasserfalls erreichte und die Bergspitze vor sich sehen konnte. Doch auf einmal plumpste sie ohne Vorwarnung auf den Hosenboden.

Jack ging neben ihr in die Hocke. »Alles okay mit dir?«

»Hilf mir bitte mal hoch.« Er half ihr auf die Beine und stützte sie.

»Alles bestens«, sagte Jessie. »Bestens.«

Von diesem Augenblick an dachte sie gar nicht mehr daran, dass sie den Gipfel nicht erreichen könnte. Sie fiel nur noch einmal hin, heftiger diesmal, und stürzte seitwärts ins Unterholz. Jack half ihr wieder hoch und befreite sie von einer Brombeerranke, die sich in ihrem Haar verfangen hatte.

»Wir sind fast da«, sagte er; und das stimmte.

Mittlerweile sprachen sie den Rhythmus gemeinsam mit: »Eins und zwei, eins und zwei, eins und zwei.« Ein letztes Mal auf allen vieren über ein paar Steine krauchen, dann konnten sie sich auf einem dicken weichen Kissen aus rosafarbenen Grasnelken ausstrecken, die Augen gegen die Sonne geschlossen. Nach einer Weile richtete sich Jessie auf und stützte sich auf die Ellbogen. Jack stand auf dem höchsten Felsen und schaute auf das Meer hinaus.

»Deine Mom hat Recht, Jess«, sagte er.

Außer ihren Eltern hatte sie noch nie jemand Jess genannt, aber es störte sie kein bisschen. Im Gegenteil, es gefiel ihr.

»Sie sollten es nicht machen«, fuhr er fort. »Sie sollten den Gipfel nicht abschneiden. Ist mir egal, wie viel Gold hier drunter ist. So was hab ich noch nie gesehen, so einen Ort. Das ist was ganz Besonderes, weißt du das? Wenn wir zulassen, dass sie den Gipfel absäbeln, kann nie wieder jemand hier so stehen wie ich und sich das alles anschauen. Gold bringt nur Geld, und Geld macht reich, aber nicht glücklich. *Das hier* macht glücklich.«

»Du bist also auf Mums Seite?«

»Würde ich schon sagen. Und du?«

Jessie sah sich um. Jack hatte Recht: Das hier war wirklich etwas Besonderes. Es war wunderschön. Es war einfach perfekt. »Ich glaube, ich hab bisher gar nicht so richtig darüber nachgedacht«, antwortete sie. »Bis zu diesem Augenblick. Aber ja, ich bin auf Mums Seite, und nicht nur wegen dem, was Marion gesagt hat. Mum hat Recht. Sie hatte schon die ganze Zeit Recht.«

Sie versuchte aufzustehen, aber es fiel ihr schwer. Jack kam herüber und half ihr auf die Beine. »Wie auch immer«, sagte Jessie. »Jetzt spielt's sowieso keine Rolle mehr. Es ist zu spät, es ist alles schon beschlossene Sache.«

Das Sonnenlicht funkelte im Wasserbecken und schien die beiden zu einem Schluck einzuladen. Jack war als Erster dort. Er hielt die zusammengelegten Hände unter den Strahl, bis sie voll waren, und trank dann in großen Zügen. Jessie versuchte es ihm nachzumachen, aber sie konnte die Finger nicht eng genug verschränkt halten, dass das Wasser darin blieb. Also kniete sie sich hin und trank direkt aus dem Becken, wie beim letzten Mal, als sie hier gewesen war. Sie trank mit geschlossenen Augen, lange und in großen Schlucken, bis sie genug hatte. Dann wischte sie sich den Mund ab und beobachtete das Spiegelbild der Wolken, die über die Wasseroberfläche zogen. Der Ohrring fiel ihr ein, und wie sie ihn seinerzeit hier gefunden hatte. Und plötzlich wurde ihr klar, dass das keine Erinnerung war, sondern dass sie den Ohrring direkt anschaute. Er lag da, genau vor ihren Augen, auf dem Grund des Wasserbeckens. Sie bekam dieses Gefühl, das man bekommt, wenn man meint, alles schon mal erlebt zu haben, und einem dasselbe passiert wie schon einmal, an genau derselben Stelle, auf genau dieselbe Art, wie ein Echo, wie ein Traum, nur klarer, wirklicher. Jessie streckte die Hand aus, zerstreute die Wolken auf der Wasseroberfläche, aber Jack war schneller.

»Wow, was ist das denn?«, sagte er und ließ den Ohrring vor ihren Augen baumeln.

»Wonach sieht's denn aus?«, erklang eine Stimme hinter ihnen. Jessie erkannte sie sofort. »Ich dachte, ein Paar wäre doch besser als einer allein.«

Die beiden wirbelten herum. Es war die Frau aus dem Spiegel. Die Frau aus Jessies Traum. Da war sie, in Fleisch und Blut – barfuß stand sie auf dem Felsen, mit der wilden Haarpracht, die ihr Gesicht umrahmte.

»Wo sind eure Manieren?«, sagte sie. »Starrt mich nicht so an wie zwei nach Luft schnappende Lachse. Seht euch mal um. Es ist genau, wie du gesagt hast, Jack. Ist das hier nicht der schönste Platz der Welt? Mein Berg ist das, mein Gipfel. Ich hab darum gekämpft, wir alle haben darum gekämpft. Wir haben gutes rotes irisches Blut dafür vergossen, und ich werde nicht zulassen, dass sie das alles jetzt kaputtmachen. Auf keinen Fall. Aber ich brauche Hilfe.« Sie wandte sich an Jack: »Eine hübsche Rede hast du da vorhin gehalten. Meinst du es auch wirklich ernst?«

Jack nickte und wich zurück, wobei er Jessie mit sich zog.

»Wo wollt ihr denn hin?« Die Frau sprang vom Felsen, geschmeidig wie ein Tiger. Ein Schwert baumelte von ihrem breiten Ledergürtel. Sie war etwa so alt wie Jessies Mutter, oder vielleicht ein bisschen älter, aber auf jeden Fall kräftiger.

Ein wilder, verwegener Ausdruck lag auf ihrem Gesicht. »Meint ihr etwa, ich würde euch etwas tun? Ich? Hab ich euch nicht meine Ohrringe geschenkt? Sind aus Gold, spanischem Gold. Hab sie eigenhändig von der *Santa Felicia* stibitzt – das war eine große Armada-Galeere, die gegen unsere Felsen krachte. Ist schon eine Weile her. Und wo die Ohrringe herkommen, gibt's noch viel mehr. Die Einnahmen meines ganzen Lebens, könnte man sagen – oder jedenfalls das, was davon übrig ist.«

Sie zog das Schwert und schwang es in Richtung Meer. »Dies sind meine Gewässer. Wer in meinen Gewässern segelt, muss mir Zoll zahlen. Den hab ich allen abgeknöpft, die vorbeigekommen sind, ob Engländer, Spanier oder Portugiesen – mir waren alle gleichermaßen recht, alle wunderbar und fein und einwandfrei. Aber wenn sie nicht zahlen wollten ... Nun, dann hab ich mir geholt, was mir zustand. Würdet ihr doch auch machen, oder? Eine arme Piratin muss doch zuschauen, dass sie sich irgendwie den Lebensunterhalt verdient. Wie soll sie auf ihre alten Tage sonst auskommen? Sagt mir das mal.«

Jessie setzte sich hin, weil sie musste, weil ihre Beine sie dazu zwangen. Die Frau konnte doch nicht die Person sein, an die Jessie jetzt dachte, das war ja unmöglich. Aber vielleicht war das Unmögliche doch irgendwie möglich. Die Frau, die jetzt auf sie zukam, behauptete, sie sei eine Piratin und der Big Hill ihr Berg. Dann konnte sie niemand anders sein. Sie musste ... aber nein, das war doch unmöglich. Sie war schon vor Hunderten von Jahren in der Abtei beigesetzt worden. Jessie kannte den Grabstein. Sie hatten in der Schule etwas über sie gelesen, über die Piratenkönigin von Clare Island. Mrs O'Learys Pub unten am Kai war nach ihr benannt.

Jessie kratzte all ihren Mut zusammen. »Du bist doch nicht … Du bist doch nicht etwa Grania O'Malley, oder?«, brachte sie heraus.

»Na klar, wer denn sonst?«, entgegnete die Frau.

Angelausflug

Sie waren wieder allein auf dem Berg. Es war, als hätte die Zeit stillgestanden und wäre eben erst wieder losgelaufen. Ein paar Augenblicke standen sie nur da und starrten einander an.

Dann sah Jack auf seine Hand hinunter. »Er ist weg. Aber ich hatte ihn. Ich hab den Ohrring gehabt«, flüsterte er. »Ich hab ihn im Wasser gefunden, stimmt's?« Jessie nickte. »Und sie war wirklich hier, stimmt's? Ich hab das doch nicht nur geträumt?« Er wartete keine Antwort ab. »Lass uns von hier verschwinden«, sagte er.

Mole wollte sich nicht einfangen lassen, also musste Jack Jessie den ganzen Weg nach unten huckepack tragen. Sie kamen gerade rechtzeitig unten an, um Jessies Vater dabei zu helfen, die Schafe den Feldweg entlang in den Stall zu treiben. Sie würden am nächsten Tag geschoren werden, sagte er, und es sähe nach Regen aus. Die Wolle musste zum Scheren trocken sein, also war es besser, die Schafe über Nacht drin zu behalten.

Am Abend rollte der Donner vom Meer herein und polterte auf die Insel, und der Regen trommelte mit senkrechten, harten Tropfen unaufhörlich auf das Blechdach der Küche. Über dem Abendbrottisch hing dagegen eine unnatürliche Stille. Jessies Eltern sprachen kein Wort. Sie sah von einem zum anderen, wollte sie zum Sprechen bringen, aber weder ihr Vater noch ihre Mutter wollten etwas sagen. Es war genau so, wie Jack es prophezeit hatte: erst der Streit, dann das große Schweigen.

Jack verschlang seine Erdnussbuttersandwiches und schaute kaum auf, als hätte er sich ganz in sich selbst zurückgezogen. Jessie sehnte sich danach, mit ihm über das zu sprechen, was auf dem Big Hill geschehen war, aber es gab keine Gelegenheit, mit ihm allein zu sein. Er ging früh ins Bett, und als Jessie ihm nach oben folgen wollte, rief ihr Vater sie zurück und bat sie, mit ihm nach den Schafen zu schauen. »Vier Augen sehen mehr als zwei«, sagte er.

Die Schafe füllten den Stall komplett aus, von Wand zu Wand. Sie lagen alle am Boden – alle bis auf eins in der Ecke. »Dachte ich's mir doch. Sie lammt. Sollte sie eigentlich nicht, aber sie tut's trotzdem. Der alte Schafbock muss wieder irgendwie rausgekommen sein«, sagte Jessies Vater. »Sie ist noch so jung. Ich glaube, sie wird Hilfe brauchen. Willst du das übernehmen?«

Jessie hatte ihrem Vater nie gesagt, dass sie das nicht gerne tat. Das viele Blut, der ganze Schleim … und am schlimmsten war die Angst, dass das Lamm tot sein könnte. Aber sie tat immer so, als würde es ihr gefallen, und sie tat es jetzt wieder.

Ihr Vater kniete sich hin und hielt das Schaf. Jessie tastete nach den Beinen, nach dem Kopf des Lammes. Es lebte. Sie zog, aber ihre Hände rutschten ab und die kleinen schwarzen Beinchen wurden wieder in den Mutterleib gesogen. Sie versuchte es noch einmal. Beim dritten Mal rutschte das Lamm heraus und lag dann erschöpft keuchend am Boden. Sie saßen eine Weile da und sahen zu, wie das Mutterschaf ihr Lamm ableckte, vorsichtig nach allen Seiten schielend.

»Hat Jack irgendwas?«, fragte Jessies Vater plötzlich.

»Nicht dass ich wüsste. Er kann bloß seine Glückspfeilspitze nicht finden, das ist alles.«

Es war Jessie noch nie schwer gefallen, mit ihrem Vater zu reden, aber so etwas hatte sie ihn auch noch nie fragen wollen. Eigentlich wollte sie ihn geradeheraus fragen: »Mum und du – wollt ihr euch scheiden lassen?« Doch dann fiel ihr ein, dass schon das Fragen, schon das Drüberreden, es vielleicht wahrscheinlicher machen könnte.

»Na los, Jess«, sagte ihr Vater. »Was hast du auf dem Herzen?«

Zum Glück gab es noch etwas anderes, was ihr Kopfzerbrechen bereitete und über das sie unbedingt mit jemandem reden musste.

»Ich glaube, ich hab einen Geist gesehen, Dad.«

Er sah zu ihr herunter und lachte. »Warst du heimlich an meinem Whisky, Jess?«

»Natürlich nicht.«

»Also ist das dein Ernst?«

»Ich hab sie im Spiegel gesehen, Dad, und ich hab sie auf

dem Big Hill gehört. Und dann hab ich sie sogar gesehen, heute Nachmittag. Ehrlich, ich hab sie gesehen, oben auf dem Gipfel vom Big Hill.«

»Auf dem Gipfel, soso«, sagte ihr Vater und stand auf. »Das ist ja ein Ding.« Er lächelte zu Jessie herunter und half ihr ebenfalls auf die Beine. »Weißt du, Jess, wenn du so weitermachst, wirst du vielleicht mal eine große Schriftstellerin. Alle großen Schriftsteller wissen nicht, wo die Wahrheit anfängt und wo sie aufhört. Sie sind keine Lügner, nur Träumer. Und es ist nichts falsch daran, wenn man träumt.« Er zupfte Jessie ein paar Strohhalme aus dem Haar und ließ sie zu Boden fallen. »Übrigens: Über deine Mutter und mich brauchst du dir keine Sorgen zu machen. Es ist nur wegen des Big Hill. Der ist das Einzige, was zwischen uns steht. Sobald die mit dem Baggern anfangen und man sowieso nichts mehr dran ändern kann, ist alles wieder in Ordnung, du wirst schon sehen.«

Jessie spürte, wie eine Welle der Erleichterung sie durchströmte und sie wärmte. Es machte nichts, dass ihr Vater ihr die Geschichte mit dem Geist nicht geglaubt hatte. Es machte überhaupt nichts.

»Deine Hände sind ja eklig«, sagte er und sie fuhr ihm kichernd mit den Fingern durchs Gesicht.

Denn Sonnabend verbrachten sie alle vier damit, im Stall die Schafe zu scheren: Ihr Vater stand schweißüberströmt über die Tiere gebeugt, Jessies Mutter und Jack rollten die Wolle zusammen und fegten den Boden, während Jessie die Tür auf- und zumachte und jedes Schaf einzeln in den Scherstand trieb. Jack ging mit der Sache um, als hätte er sein ganzes Leben nichts anderes gemacht. Jessies Eltern sprachen die ganze Zeit kaum ein Wort.

Am Sonntag, kurz nach der Kirche, kam Liam vorbei. Marion Murphy habe einen Baseballschläger aufgetrieben, sagte er. Ihr Vater hätte ihn von einer Reise mitgebracht, aus Miami. Marion sei bereit, Jack den Schläger zu leihen, wenn sie dann auch mitspielen dürfe. »Du könntest uns Baseball beibringen«, sagte Liam. »Ich hab einen Tennisball. Um fünf auf dem Spielplatz. Kommst du?«

Jessie begleitete Jack, nicht, weil sie sich auch nur im mindesten für Baseball interessiert hätte, sondern weil ihr das endlich die Chance bot, mit ihm über Grania O'Malley zu reden. Seit sie ihr begegnet waren, hatten sie nicht mehr tun können als verschwörerische Blicke zu wechseln.

Langsam schlenderten sie den Feldweg entlang, wichen den Pfützen aus, und Mole folgte ihnen mit einigem Abstand. Die meiste Zeit übernahm Jack das Reden.

»Jess, ich hab nachgedacht. Über sie, also, ich meine, über das, was da oben passiert ist. An Folgendes kann ich mich erinnern – glaube ich jedenfalls: Wir sind zum Gipfel hochgeklettert, stimmt's? Wir haben den Ohrring im Wasser gefunden. Ich hatte ihn in der Hand. Und dann taucht aus heiterem Himmel diese merkwürdige Frau auf, die irgendwie aussieht wie eine Zigeunerin. Sie hat gesagt, sie wäre eine Piratin, stimmt's? Und sie hatte ein Schwert. Sie hat uns erzählt, sie hätte sich das ganze Gold von einem spanischen Schiff geholt. Und sie hatte schwarze Locken bis über die Schultern. Ich meine, ich kann sie jetzt noch sehen, als wäre sie hier vor uns. Ich hab mir doch nicht alles eingebildet, oder? Du hast sie doch auch gesehen, stimmt's?«

Jessie wollte antworten, aber Jack gab ihr keine Gelegenheit. »Also, es gibt zwei Möglichkeiten. Entweder war das Ganze nur eine Art komischer Traum, den wir beide gleichzeitig hatten, oder es ist wirklich passiert. Ich glaube kaum, dass zwei Leute zur gleichen Zeit den gleichen Traum haben. Also muss es wirklich passiert sein, und wenn das so ist, dann sind wir da oben einem Geist begegnet. Stimmt's? Aber eins versteh ich nicht: Sie hat sich angehört, als würde sie dich schon kennen, als hätte sie dir schon mal einen Ohrring gegeben.«

»Hat sie auch«, erwiderte Jessie. »Ich hab sie schon mal gesehen. Sie war in meinem Zimmer. Und an dem Tag, bevor du hergekommen bist, da hat sie mit mir geredet, oben auf dem Big Hill. Da hab ich auch den ersten Ohrring gefunden. Auch in dem Wasserbecken. Ich hab ihn zu Hause, er liegt in Barrys Goldfischglas. Aber damals wusste ich nicht, wer sie ist.«

»Irgendwas O'Malley, oder?«, sagte Jack.

»*Grania* O'Malley«, betonte Jessie und Jack sah sie fragend an. »Du weißt wohl nicht, wer sie ist? Sie steht in allen unseren Geschichtsbüchern. Sie war eine Art Piratenkönigin, hat überall Angst und Schrecken verbreitet. Hat einem ruckzuck die Kehle aufgeschlitzt. Mrs Burke sagt, sie wäre eine hinterlistige Hure gewesen. Sie hat einen Haufen Ehemänner gehabt und einen Haufen Kinder, und manchmal war sie mit den Männern überhaupt nicht verheiratet. Aber ich verstehe das mit dem Ohrring nicht, mit dem zweiten Ohrring. Wenn sie wirklich da war, wenn das kein Traum war, wo ist dann der zweite Ohrring? Du hast ihn doch in der Hand gehabt.«

Nun kamen Liam und die anderen auf ihren Fahrrädern, stiegen ab und sie gingen alle zusammen zum Spielplatz, und sie konnten kein Wort mehr wechseln über Grania O'Malley oder den verschwundenen Ohrring.

Baseball war wie Schlagball, fand Jessie, nur dass man wie wild mit dem Arm ruderte, bevor man den Ball warf, der Schläger wesentlich länger war und der Schlagmann aus irgendeinem Grund, der Jessie nicht ganz einleuchtete, immer Jacks Baseballmütze tragen musste. Jessie hielt sich im Hintergrund. Das war nicht die Art Spiel, bei der sie eine gute Figur machen konnte. Außerdem hatte sie keine Lust, Marion Murphy wieder über den Weg zu laufen.

Sie saß auf der Bank unter dem Baum und sah zu, während Mole um ihre Füße herum graste. Sie konnte an nichts anderes denken als an den Geist vom Big Hill. Selbst als sie vor Kälte Krämpfe in den Beinen bekam und sie heftig reiben musste, spürte sie den vertrauten Schmerz kaum. Noch immer nagte dieser Zweifel an ihr und wollte keine Ruhe geben. Sie *musste* Gewissheit haben, so oder so. Vielleicht war der Geist ja irgendwo in der Nähe und schaute zu, hörte zu, bloß unsichtbar eben. »Du bist da, stimmt's?«, sagte sie laut. »Grania O'Malley, kannst du mich hören? Wenn du mich hörst, dann lass dich blicken, *bitte.*«

Der Ball kam auf ihre Füße zugerollt und Marion rannte ihm nach. »Na, führst du wieder Selbstgespräche?«, fragte sie und bückte sich nach dem Ball.

»Nein, tu ich nicht«, antwortete Jessie.

Marion warf ihr einen irritierten Blick zu, packte den Ball und eilte davon.

Mit jedem Tag, der verging, ohne dass es ein Lebenszeichen von dem Geist gab, ohne dass der zweite Ohrring wieder auftauchte, glaubten Jessie und Jack immer mehr, dass sie doch eine Art gemeinsamer Halluzination gehabt haben mussten. Immer wieder sprachen sie die ganze Sache durch und erinnerten sich an jede Kleinigkeit – dachten sie jedenfalls. Jessie zeigte Jack das Beweisstück ihrer ersten Begegnung mit Grania O'Malley. Immer wieder holte sie den Ohrring aus seinem Versteck in Barrys Goldfischglas und zeigte ihn Jack, und Jack war sich mit jedem Mal sicherer, dass es der gleiche war wie der, den er an dem Nachmittag auf dem Big Hill in der Hand gehalten hatte. Ziemlich sicher, sagte er. Sie zeigte ihm den Spiegel, in dem sie ein paar Wochen zuvor den Kopf des Geistes gesehen hatte, und Jack setzte sich davor, genau wie sie es getan hatte, mit dem Ohrring in der Hand, und schaute eindringlich in den Spiegel. »Und sie war direkt hinter dir?«, fragte er.

»Nicht die ganze Frau, nur der Kopf. Aber sie war's. Grania O'Malley. Ehrlich, sie war's.«

»Aber wenn wir sie wirklich gesehen haben«, sagte Jack, »wo ist dann der zweite Ohrring?«

Immer wieder kamen sie auf diesen ungeklärten Punkt zurück. Es *gab* keinen zweiten Ohrring, und solange der nicht wieder auftauchte, gab es in der Geschichte Platz für Zweifel. Sie suchten überall, wo sie auch nach Jacks Glückspfeilspitze gesucht hatten, und auch an anderen Stellen. Aber sie fanden weder den zweiten Ohrring noch die Pfeilspitze.

Die Zweifel und Ängste, die sie miteinander teilten, schweißten sie noch enger zusammen, in der Schule genauso wie außerhalb. Auf dem Schulhof drehte sich alles nur um den Big-Hill-Meinungsstreit, der immer noch auf der Insel tobte. Jeder, der ein Wort gegen die Goldmine sagte, wurde auf der Stelle als Verräter abgestempelt. Also traute sich keiner mehr etwas gegen die Mine zu sagen – außer Jessie. Je mehr sie sich für die Erhaltung des Big Hill einsetzte, desto mehr war sie sich ihrer Sache sicher. Und dass sie allein gegen den Rest der Schule kämpfte, machte sie nur noch entschlossener. Jack war ihr einziger Verbündeter, aber ein schweigender. Er wich kaum von ihrer Seite, und das war der Hauptgrund dafür, dachte Jessie, dass die anderen ihr überhaupt zuhörten statt sie sofort niederzubrüllen.

Jack war immer noch neu genug, um faszinierend zu wirken. Baseball war zum absoluten Hit geworden – jeden Abend spielten sie unten auf dem Platz. Jeder, der etwas auf sich hielt, hatte sich mittlerweile irgendeine Baseballmütze zugelegt. Jack hatte eine ruhige Art, die alle dazu brachte, ihn zu mögen und zu respektieren. Marion Murphy – und nicht nur sie – trieb sich so viel wie möglich in seiner Nähe herum. Eines Tages, als sie wegen des Regens in der Pause nicht auf den Hof konnten, hörte Jessie sie sagen: »Ich versteh das nicht. Er ist Jessies Cousin, aber ich finde ihn trotzdem klasse.«

Marion war es auch, die ihr Bestes tat, die ganze Aufregung um den Big Hill weiter zu schüren. Immer wieder provozierte sie hässliche Streitszenen mit Jessie. Wenn sie sie allein auf dem Schulhof erwischte, trieb sie ihre Widersacherin mit dem Rücken zum Zaun, sodass sie ihr nicht entkommen konnte, und begann sie anzuschreien, Nasenspitze an Nasenspitze.

Jedes Mal musste Jack eingreifen, bisher immer gerade noch rechtzeitig. »Es bringt nichts, sich so aufzuregen«, sagte er dann. »Immer mit der Ruhe.« Und Marion wich zurück, einfach so. Jack hatte eine Art, mit Marion umzugehen, die sonst keiner hatte.

Aber er konnte nicht die ganze Zeit bei Jessie sein. Einmal nach der Schule – es war heiß, Jessie war müde, ihre Beine hatten ihr schon den ganzen Tag wehgetan und sie wollte nichts anderes als so schnell wie möglich nach Hause zu gehen – war sie plötzlich von allen umzingelt, von Marion Murphy und ihrer Meute. Sie fingen wieder vom Big Hill an und dass Jessies Mutter als Einzige dagegen war. Ihre bösen, vernichtenden Blicke und ihre hasserfüllten Worte schlugen wie Knüppel auf Jessie ein. Ich will hier weg!, dröhnte es in ihrem Kopf. Aber es gab kein Entrinnen. Und plötzlich – sie konnte es sich selbst nicht erklären – spürte sie, wie eine neue Kraft sich in ihr bildete, ein ungeahnter Mut, eine neue Art von Stärke; und sobald sie zu sprechen anfing, wusste sie, dass die Worte, die ihr über die Lippen kamen, nicht die ihren waren. Sie hatte sich in das Gesicht im Spiegel verwandelt, in die Stimme vom Big Hill. Grania O'Malley nutzte sie als Sprachrohr, da war sie sich ziemlich sicher. Wie sonst hätte sie die Courage aufbringen sollen? Die Worte sprudelten unaufhörlich aus ihr heraus, ohne dass sie auch nur einen Augenblick darüber nachdenken musste.

»Wollt ihr mir jetzt zuhören oder nicht?« Sie wartete, bis die anderen verstummt waren, dann sagte sie: »Angenommen, ihr kriegt euren Anteil am Gold – was ich nicht glaube. Was macht ihr dann damit? Essen könnt ihr das Zeug nicht und trinken auch nicht. Was wollt ihr denn eigentlich damit anfangen?«

»Reich werden, du blöde Gans!«, schrie ihr Marion Murphy ins Gesicht und die anderen stimmten ihr zu.

»Ach ja?« Jessie ließ sich nicht beirren. »Und in der Zwischenzeit haben sie mit ihren Maschinen ein riesiges Loch in den Big Hill gerissen, sodass keiner von uns mehr da oben stehen und zu den Inseln in der Clew Bay rüberschauen kann. Würde euch das passen? Oh, und Mister Barney steht natürlich im Weg. Also raus mit ihm, soll er gefälligst umziehen. Kein Problem. Und alle Quellen werden vergiftet sein. Aber wen kümmert's? Ist doch egal, denn bis dahin essen wir alle von goldenen Tellern, und das macht uns alle wunschlos glücklich, nicht wahr? Marion Murphy, dieser Berg steht hier seit Urzeiten. Hat nicht St Patrick höchstpersönlich da oben gebetet? Hat nicht Grania O'Malley von dort oben Wache gehalten gegen die Engländer?«

Bevor sie es aussprach, hatte Jessie keine Ahnung gehabt, dass St Patrick auf dem Berg gebetet und Grania O'Malley Wache gehalten hatte. Doch ihre Rede ließ die anderen verstummen – wenn auch nur für kurze Zeit.

Dann fing Marion wieder an zu keifen. »Hört nicht auf sie. Die redet doch nur Mist. Scheiß auf St Patrick. Scheiß auf Grania O'Malley. Die Mine bringt Arbeitsplätze für alle, Geld für alle, sagt mein Dad. Außerdem ist es sowieso egal, was du sagst oder was deine dämliche Mutter sagt – ihr könnt es jetzt nicht mehr verhindern. Sie kommen. Die Bulldozer kommen. Was willst du jetzt tun, hä? Sie höflich bitten wieder umzudrehen?«

Jessie hatte keine andere Wahl. Sie steckte jetzt schon viel zu tief drin, als dass sie noch einen Rückzieher hätte machen können.

»Ich werd mich vor sie auf den Boden legen«, sagte sie leise. »Wart's nur ab.«

Die anderen lachten ihr ins Gesicht, schleuderten ihr noch ein paar Beleidigungen entgegen, dann zogen sie endlich ab.

Später, als sie mit Jack allein war, erzählte sie ihm davon.

»Aber das machst du doch nicht wirklich, oder?«, fragte er.

»Doch, wenn ich muss, schon. Jetzt, wo ich's gesagt hab, kann ich schlecht wieder zurück, oder?«

»Dann machen wir es zusammen«, entschied Jack.

»Ehrlich?«

»Wir sind doch eine Familie, oder?«

Am nächsten Tag fanden Jessie und ihre Mutter ein neugeborenes totes Lamm neben der verfallenen Hütte auf dem Mooreichenfeld. Das Mutterschaf stand daneben und stupste es immer wieder mit dem Maul an. Schwarze Fliegen schwirrten um das tote Lamm herum.

»Armes Ding«, sagte Jessies Mutter und scheuchte die Fliegen weg. »Ist zur falschen Zeit am falschen Ort zur Welt gekommen. Ein bisschen wie ich, würde ich sagen.«

Sie gruben in einer Ecke des Feldes ein Loch, legten das Lamm hinein und deckten es mit Erde zu. Jessie schaute weg. Sie sah in den Augen ihrer Mutter Tränen glänzen, aber sie sagte nichts.

»Ich hab Liams Mum getroffen«, sagte Jessies Mutter, als sie sich wieder auf den Rückweg machten. »Sie hat mir erzählt, was in der Schule passiert ist.«

»Nämlich?«

»Du … und Marion Murphy … dass du dich vor die Maschinen legen willst, wenn sie kommen.«

»Jack sagt, er ist auch dabei«, sagte Jessie.

»Tatsächlich? Er ist schon ein guter Junge. Ich mag ihn mit jedem Tag mehr und deinem Dad geht's genauso. Aber hier wird sich niemand vor die Bulldozer legen. Ich will nicht, dass jemandem etwas passiert. Ich werde eine andere Möglichkeit finden. Eins steht jedenfalls fest: Ich gebe nicht auf.«

Schweigend stapften sie weiter. »Ich bin so stolz auf dich, Jess, weißt du das?«, fuhr ihre Mutter dann fort. »Ich bin so froh, dass du auf meiner Seite stehst.«

»Und was ist mit Dad?«

»Ach, er kommt schon auch noch auf den Trichter.« Sie lächelte und legte Jessie einen Arm um die Schultern. »Lass ihm Zeit.«

»Aber nur, wenn du mit ihm redest, Mum«, sagte Jessie. »Ihr müsst miteinander reden. Jacks Mum und Dad ... Er sagt, am Anfang haben sie immer gestritten, und dann haben sie nicht mehr miteinander geredet. Und dann ist sie einfach weggegangen.«

»Hör zu, Jess, ich werde nicht weggehen. Und dein Dad auch nicht. Er ist nur ziemlich stur und ich auch. Wir tun beide das, was wir für richtig halten. Aber deswegen liebe ich ihn doch nicht weniger, ehrlich. Er hat einfach nur noch nicht begriffen, dass ich Recht hab. Er denkt immer noch, er hat Recht. Ich muss ihn davon überzeugen, dass er Unrecht hat, und das ist bei keinem Menschen leicht. Aber eins verspreche ich dir, Jess: Wenn wir damit durch sind, werden auf dem Teppich keine Blutflecken sein, das musst du mir einfach glauben, ja?«

Jessie nickte und sagte ja, aber trotzdem steckte in ihr ein Stachel der Sorge, der einfach nicht verschwinden wollte.

Als es dämmerte, kam Jack zurück, grinsend wie ein Honigkuchenpferd. Er hatte den halben Tag damit verbracht, Kopf und Hände tief in Clatterbangs Motor zu stecken; die andere Hälfte des Nachmittags hatte er die »Piraten« trainiert – so nannte sich die Baseballmannschaft von Clare Island mittlerweile. Mit einem breiten Lächeln warf er sich atemlos aufs Sofa. »Die Jungs wollen ein paar Fanghandschuhe und einen richtigen Ball. Ich werde Dad bitten, mir alles zu schicken. Und Yankee-Mützen wie meine wollen sie auch. Was meint ihr, kann ich zu Hause anrufen?«

Als er wenige Minuten später wieder ins Zimmer kam, war das Leuchten aus seinen Augen verschwunden. Seine Erdnussbuttersandwiches rührte er kaum an. Jessie plapperte und plapperte, irgendwelches Zeug, nur um die Stille am Esstisch zu übertönen. Am Ende, als sie nicht mehr wusste, was sie sagen sollte, fragte sie Jack nach dem Telefonat.

»Schickt dir dein Dad jetzt die Sachen, die Handschuhe und so?«

Jack nickte, ohne aufzusehen.

Nach einer Weile sagte Jessies Vater: »He, wie wär's, wenn ihr zwei morgen mit zum Angeln kommen würdet? Zum Bootfahren ist es ein bisschen zu wellig. Also versuchen wir's von den Felsen aus. Dazwischen schwimmen ständig Makrelen und Barsche herum. Warst du schon mal angeln, Jack?«

»Ja.«

»Also, dann ist es beschlossene Sache. Morgen nach der Schule. Ich hole euch ab.«

Am nächsten Tag sagte Jack in der Schule kaum ein Wort zu jemandem. In der Pause ließ er Marion – trotz ihres Flehens und Bettelns – und Liam und die »Piraten« allein trainieren und setzte sich auf die Mauer.

Jessie setzte sich kurz darauf zu ihm. »Alles in Ordnung mit dir?«, fragte sie.

»Mein Dad ist krank, richtig krank«, erwiderte Jack leise. »Hat sich ganz schlimm angehört am Telefon. Er muss sich operieren lassen. Das ist alles nur, weil ich meine Pfeilspitze verloren hab. Ich weiß es.«

»Was hat er denn?«, hakte Jessie nach.

»Irgendwas am Herzen. Er sagt, er braucht eine neue Herzklappe.«

»Das ist nicht schlimm«, sagte Jessie. »Bei meiner Gran haben sie das auch gemacht, und jetzt geht's ihr richtig gut.«

»Echt?« Jacks Stimme klang jetzt wieder lebhafter.

»Na klar.«

Kurz vor Ende der Pause kam Marion Murphy auf sie zu, wobei sie ihre Baseballmütze schwenkte. Wie immer hatte sie ihre ganze Meute dabei. »Hast du's dir schon anders überlegt, Jessie Parsons?«, fragte sie forsch.

Jessie schüttelte den Kopf.

»Also, wir haben was beschlossen. Wir reden kein Wort mehr mit dir, bis du deine Meinung änderst. Keiner von uns.«

Jack sprang von der Mauer und schob sich zwischen Jessie und die anderen. »Macht, dass ihr wegkommt!«, brüllte er. In der Tonlage hatte ihn noch niemand sprechen hören. »Wieso lasst ihr sie nicht einfach in Ruhe?« Dann quetschte er sich durch die Menge und ging davon.

Aber Marion hielt ihr Versprechen. Keiner redete mehr mit Jessie. Sie schauten sie nur an und lächelten einander zu. Es war der längste Schultag, den Jessie je erlebt hatte.

Ihr Vater wartete mit Clatterbang am Schultor und fuhr sie quer über die Insel nach Portlea. Er schwatzte munter drauflos, erzählte von dem letzten Barsch, den er auf den Felsen bei Portlea gefangen hatte. »Zehn Pfund hat er gewogen und das ist nicht geflunkert«, sagte er und schaute Jack und Jessie im Rückspiegel an. »Na, ihr macht ja nicht gerade ein fröhliches Gesicht. Was ist denn los?«

»Nichts«, wehrte Jessie ab.

»Wer's glaubt ...«, sagte ihr Vater. »Wie auch immer – das Angeln wird euch aufmuntern. Angeln muntert einen immer auf. Ihr habt euch doch nicht gestritten, oder?«

»Nein«, erwiderte Jessie entschieden. Aber mehr sagte sie nicht.

Ihr Vater behielt Recht, was das Angeln anging. Erst das atemberaubende Klettern über die Felsen, die Hand ihres Vaters fest umklammert, dann der Wind und die Gischt auf ihrem Gesicht und das große graue Meer, das unaufhörlich gegen die Felsen wogte ... Es dauerte nicht lange, da waren all ihre Sorgen vergessen.

Und Jack war wieder ganz der Alte. Jessies Vater richtete ihm eine Rute mit Leine her und half ihm beim ersten Auswerfen. Mehr Hilfe brauchte Jack dann nicht mehr. Jessie beobachtete ihn. Jeder Wurf war besser als der vorhergehende. Er wusste genau, was er da tat.

Jessie hatte diesen Platz schon immer geliebt. Sie konnte keine Angelrute halten, jedenfalls nicht, wenn ein Fisch am Haken hing, aber das machte ihr nichts aus. Es reichte ihr, den beiden zuzusehen und ihrem Fachsimpeln über Motoren und Turbos und Kolben und Filter und so weiter zuzuhören. Und als sie davon genug hatte, konnte sie immer noch die Kormorane und Scharben beobachten, die wie schwarze Wächter auf dem Felsen unter ihr standen, die Flügel zum Trocknen ausgebreitet; und dann waren da noch die Möwen und die Eissturmvögel und die Seeschwalben, die am Himmel schreiend ihre Runden drehten.

Ein Dunstschleier kroch vom Meer herein und Jessie überlegte, ob es zwischen Wolken und Dunstschleiern überhaupt einen Unterschied gab. Sie fror und ihre Beine taten weh, aber es kümmerte sie nicht. Sie dachte gerade wieder an Grania O'Malley, als ihr Vater auf einmal laut fluchte.

»Diese dämliche Rolle klemmt schon wieder«, sagte er. »Hat noch nie was getaugt. Dabei wimmelt's hier nur so von Fischen, ich kann sie förmlich riechen. Hört zu, kann ich euch mal für eine Weile allein lassen? Ich fahr schnell nach Hause und hol meine alte Rolle. Mag ja ein altertümliches Gerät sein, aber sie hat mich noch nie im Stich gelassen wie das Ding hier. Du bleibst, wo du bist, Jess, verstanden? Und du auch Jack, hörst du? Nicht, dass ihr mir hier herumklettert.

Der Wellengang da draußen ist nicht ohne. Also seid schön brav, ich komme bald wieder.« Er packte seine Angelrute und stapfte über die Felsen in Richtung Klippenpfad davon. Kurz darauf hörte Jessie, wie Clatterbang ansprang.

»Hast du das gehört?«, rief Jack zu ihr herüber. »Springt schon wesentlich besser an als früher. Ich bin ein wahres Motoren-Genie.«

»Hast du schon was gefangen, du Genie?«, rief Jessie zurück.

Statt zu antworten holte er die Leine ein und warf sie von neuem aus. Jessie kauerte in ihrem felsigen Lehnsessel, zu weit weg, um sich richtig unterhalten zu können. Seit dem Vorfall auf dem Schulhof hatten sie kaum mehr ein Wort miteinander gesprochen. Jessie wollte reden. Also kroch sie von ihrem Felsen und schob sich auf dem Hosenboden auf Jack zu, bis sie direkt neben ihm saß und auf den brodelnden Meereskessel hinabschaute. »Das macht mir nichts, weißt du«, sagte sie. »Ist mir egal, ob sie je wieder mit mir reden oder nicht. Ist mir völlig wurscht. Die können mir den Buckel runterrutschen.«

In dem Augenblick biss ein Fisch an. »Ich hab einen! Ich hab einen!«, schrie Jack, baute sich breitbeinig auf und begann eifrig die Leine einzuholen. Doch dann rutschte er aus. Die Beine schlitterten unter ihm weg und er glitt an Jessie vorbei zur Felskante.

Instinktiv griff Jessie nach ihm. Für den Bruchteil einer Sekunde erwischte sie ihn an den Jeans – gerade lange genug, dass Jack sich an einen Felsen klammern und seinen Fall aufhalten konnte. Dann rutschte Jessie selber weg, kullerte immer weiter vorwärts, ruderte wild mit den Armen auf der Suche nach irgendetwas, woran sie sich festhalten konnte.

Aber da war nichts, keine Chance auf Rettung.

Aus dem Augenwinkel sah sie, wie Jack sich bäuchlings auf die Felsen warf, um sie abzufangen. Aber schon im nächsten Moment kippte sie über die Kante und stürzte in die Tiefe.

Das Meer verschluckte sie, bevor sie einen Schrei ausstoßen konnte. Wasser drang ihr in den Mund, in die Ohren, und sie versank in Windeseile, ohne etwas dagegen tun zu können.

Sie sah nach oben. Über ihr war Licht und sie wusste, dieses Licht musste sie erreichen, wenn sie überleben wollte, aber ihre Beine wollten sich einfach nicht bewegen und ihre wild herumschlackernden Arme waren zu schwach, um sie an die Oberfläche zu befördern. Sie hatte schon oft darüber nachgedacht, wie es wohl wäre zu ertrinken – wenn ihr Vater sie mit dem Boot aufs Meer hinausfuhr oder wenn sie mit der Fähre von der Hauptinsel zurückkam. Und jetzt ertrank sie tatsächlich. So also fühlte es sich an. Ihre Augen brannten, und sie machte sie zu. Sie schloss auch den Mund, um nicht noch mehr Salzwasser zu schlucken. Aber sie musste atmen, es ging nicht anders. Sie schnappte nach Luft, und Wasser drang in ihren Mund und sie musste würgen.

Auf einmal wurde sie von etwas gepackt. Sie kämpfte dagegen an, aber der Griff um ihre Taille wurde nur noch fester, wollte nicht loslassen. Ihr Kopf durchbrach die Wasseroberfläche, und plötzlich war da Luft, herrliche Luft zum Atmen. Sie hustete und prustete und jemand schrie ihr etwas ins Gesicht.

Es war Jack, er hielt sie umklammert. »Ich bin's! Ich bin's! Halt dich an mir fest, halt dich einfach nur fest. Alles wird gut.« Sein Gesicht war ganz nah. »Kannst du schwimmen?« Sie schüttelte den Kopf. »Okay, dann halt einfach deinen Mund geschlossen. Irgendjemand wird uns schon sehen. Alles wird gut. Mach dir keine Sorgen.«

Jessie sah an ihm vorbei zu den Felsen. Die Küste war schon ein gutes Stück entfernt und sie trieben mit jedem Augenblick weiter ab. Sie schaute auf das Meer hinaus. Jedes Mal, wenn sie auf einen Wellenkamm hochdümpelten, konnte sie sehen, wie der Dunstschleier immer näher auf sie zuwaberte. Nur noch eine Woge, dann würde der Dunst sie verschlucken und niemand würde sie mehr sehen können.

»Wir müssen uns über Wasser halten!«, schrie Jack. »Klammer dich an mir fest.« Von der Kälte waren Jessies Beine schon ganz taub, und sie wusste, dass sie sich auch mit den Armen nicht mehr lange würde festhalten können. Und da kam der Nebel schon und hüllte sie vollkommen ein. Jack brüllte verzweifelt nach Hilfe. Jessie versuchte auch zu schreien, brachte aber nur ein heiseres Krächzen heraus. Es war hoffnungslos.

Das unwirkliche Ächzen von rhythmisch eintauchenden Rudern drang durch den Dunst und die gedämpften Stimmen von mehreren Männern hallten über das Wasser. Jack schrie noch einmal und das Rudern verstummte sofort. Sie hörten, wie die Wellen gegen ein Boot schlugen, und ein paar Augenblicke später sahen sie es auch. Hoch ragte es aus dem Nebel heraus, wippte auf den Wellen auf und ab, pflügte mit dem Bug voraus auf sie zu. Ein paar Köpfe tauchten auf, Arme, die nach vorn zeigten, und dann war da ein Ruderblatt, an das man sich klammern konnte. Riesige Hände reckten sich nach Jessie und Jack, hievten sie über die Seitenwand ins Boot, wo sie wie gestrandete Fische liegen blieben und nach Luft schnappten. Die Gesichter, die auf sie herabschauten, waren unrasiert und wettergegerbt. Einer der Männer trug eine schwarze Augenklappe. Keiner von ihnen lächelte.

Rockfleet Castle

Als der Nebel sich lichtete, hatten sie längst die Dünung der offenen See verlassen und befanden sich zwischen den geschützten Inseln der Clew Bay. Das Boot fuhr schneller, jetzt, wo die Männer gleichmäßiger ruderten, mit längeren, mächtigeren Schlägen. Jessie und Jack kauerten fröstelnd nebeneinander, mit einer riesigen Pelzdecke zugedeckt. Fünfzehn Männer ruderten auf jeder Seite des Schiffes, das eher einer offenen Galeere ähnelte und mit seinen bestimmt knapp dreißig Metern länger war als die Fähre, die nach Clare Island fuhr. Es hatte einen spitzen Bug und ein Dach aus Segeltuch spannte sich über dem erhöhten Heck. Es gab einen hohen Mast, aber die Segel waren nicht gesetzt. Die Männer hängten sich schwer in die Riemen und warfen ab und an einen durchdringenden Blick in Richtung der beiden. Es waren die unfreundlichsten Gesichter, die Jessie je gesehen hatte.

»Wer sind die?«, flüsterte Jack zähneklappernd. Es waren die ersten Worte, die sich einer von ihnen auszusprechen traute.

»Keine Ahnung«, raunte Jessie zurück. Einen Augenblick lang schoss es ihr durch den Kopf, ob sie nicht über Bord springen und fliehen sollte, aber schon im nächsten Augenblick war ihr klar, dass sie es nicht schaffen würde. Sie hatte nicht einmal genug Kraft, um aufzustehen, geschweige denn um zu schwimmen; außerdem hatte sie von Wasser erst einmal die Nase gestrichen voll. Zum Umfallen müde lehnte Jessie den Kopf an Jacks Schulter und fiel in einen unruhigen Schlaf.

Ein Platschen und ein barsches Kommando weckten sie wieder auf. Sie hörten, wie eine Ankerkette herunterrasselte. Die Männer holten die Ruder ein und das Boot glitt lautlos durch seichtes Wasser, bevor es auf einem Kiesstrand knirschend zum Stehen kam.

Jessie sah hoch. Jetzt wusste sie genau, wo sie war. Über dem Schiffsbug erhob sich vor dem Hintergrund des Himmels eine mächtige Burg – Rockfleet Castle. Direkt aus den Felsen ragte sie empor, ein hoher steinerner Turm mit einer zinnenbewehrten Schutzmauer ganz oben und schmalen Fensterschlitzen. Jessie war auf dem Weg zu ihrer Großmutter, die auf der Hauptinsel wohnte, oft mit dem Auto hier vorbeigefahren, und mehr als einmal hatten sie angehalten, um sich die Burg anzusehen, aber das Tor war immer verschlossen gewesen, sodass sie nie hatten hineingehen können. Sie erinnerte sich, wie ihr Vater auf den steinernen Entwässerungsgraben gezeigt hatte, durch den die Abwässer ins Meer flossen, woraufhin ihre Mutter gesagt hatte, das würde ja drei Meilen gegen den Wind stinken, und ihr Vater hatte gelacht; aber das war so ziemlich alles, was Jessie im Gedächtnis haften geblieben war.

Die Männer sprangen nun seitlich aus dem Boot und wateten durch das seichte Wasser zum Ufer. Sie waren seltsam gekleidet, mit langen, bauschigen Pluderhosen und rauen Hemden, die ihnen zu groß waren, und die meisten hatten dazu eine Art Wams aus Leder oder Leinen an. Allen baumelte ein Schwert am Gürtel.

Jessie fühlte, wie sie hochgehoben und unsanft über Bord geworfen wurde – in die Arme eines Matrosen mit knorrigem Gesicht, der sie zahnlos angrinste und für Jessie so aussah, als könnte er einem die Kehle aufschlitzen, ohne mit der Wimper zu zucken. Er trug sie über den Strand und die Felsen durch das große Tor in die Burg, genauer gesagt in einen kleinen dunklen Raum mit niedriger Decke, in dem ihr graugesichtige Gestalten mit blitzenden Augen aus den Schatten entgegenstarrten. Viele von ihnen hatten einen Vollbart und die meisten trugen eine Wollmütze, die sie sich bis tief über die Ohren gezogen hatten.

Und dann ertönte von irgendwo über ihnen eine Stimme, die sowohl Jessie als auch Jack auf der Stelle erkannten: die Stimme von Grania O'Malley. »Bringt sie her zum Feuer, Jungs, macht schon, schnell. Sie holen sich sonst noch den Tod.«

Jack wurde eine schmale steinerne Wendeltreppe hochgeschubst. Jessie klammerte sich weiterhin an ihren Matrosen und achtete sorgfältig darauf, den Kopf einzuziehen, damit sie sich nicht an den Mauern stieß. Über die Treppe gelangten sie in einen zweiten Raum, der auch nicht viel größer war als der erste, aber wesentlich heller. Der Boden war mit Binsen bedeckt und da waren mehrere Esstische, aber keine Menschen.

Wieder eine Wendeltreppe höher kamen sie in einen dritten Raum, und endlich wurde Jessie vor einem großen, prasselnden Feuer auf den Boden gestellt. Jack stand neben ihr. Sie schob ihre Hand langsam in seine. Er erwiderte ihren Druck, das beruhigte und tröstete sie ein bisschen. Auch hier sah es zunächst so aus, als sei der Raum menschenleer. Doch dann bewegte sich einer der Schatten und wurde zu Grania O'Malley. Das Gelb der Flammen tanzte auf ihrem Gesicht, während sie auf die beiden zukam. Von ihrem kleinen Finger baumelte etwas, das blitzte und glitzerte wie Gold. Es *war* aus Gold. Es war der Ohrring.

»Ich glaube, den hast du auf dem Big Hill fallen lassen. Da, ich leg ihn dir an, damit du ihn nie wieder verlierst.« Jessies Wangen waren so eisig, dass sie kaum spürte, wie die Finger sie berührten. »Pass gut darauf auf, hörst du?«

Es dauerte eine Weile, bis Jessie ihre Stimme fand. »Bist du's wirklich?«

»Du meinst, ob ich Grania O'Malley bin?«, erwiderte die Frau mit einem Lächeln. »Ja, sicher, die bin ich. Granuaille, Grany – wie auch immer man mich nennt. Die Engländer sagen Grace zu mir, aber nicht einmal die haben je meinen Nachnamen verhunzt, O'Malley, und der ist das Wichtigste, hab ich Recht, Jess? Deine Mutter ist auch eine O'Malley, nicht wahr? Du und ich, wir sind also beide O'Malleys. Genau wie die halbe Insel – und du auch, Jack.« Sie beugte sich zu ihnen vor, die Hände in die Hüften gestemmt. »Meine Jungs haben euch aus dem Wasser gefischt und nach Hause gebracht.

Es sind gute Jungs – na ja, vielleicht ist *gut* nicht gerade der richtige Ausdruck, aber tapfere Piraten auf jeden Fall, die besten. Wir haben euch im Auge behalten, haben wir. Wenn ich nicht selber aufpassen konnte, dann hab ich die Jungs geschickt. Hat sich doch gelohnt, oder? So, und jetzt kommt mal zum Feuer, damit ihr wieder trocknet. Ich lass euch ein bisschen heiße Suppe bringen, das würde euch doch schmecken, nicht wahr?«

Jessie hoffte, Jack würde nicht auf einem Erdnussbuttersandwich bestehen. Er tat es nicht.

Sie hatten keine Ahnung, woraus die Suppe bestand, und es kümmerte sie auch nicht. Die dicke Brühe wärmte sie von innen auf, und sie bekamen Brot dazu, mit dem sie zum Schluss die Schüssel austunken konnten, grobes, schrotiges Brot mit ganzen Getreidekörnern, das man gut kauen musste. Aber es machte ihnen nichts aus. Während sie aßen, rauchte Grania O'Malley eine Pfeife und schaute ihnen von ihrem Sessel aus zu. Jessie konnte mittlerweile ihre Hände wieder spüren, aber von der Taille abwärts fühlte sie sich immer noch taub.

»Soll ich dir die Beine reiben, wie deine Mutter?«, fragte Grania O'Malley. »Na, was sagst du dazu?«

Woher weiß sie das?, wunderte sich Jessie. Und wieso weiß sie anscheinend immer, was ich denke und wie ich mich fühle?

»Ich hab doch gesagt, ich hab euch beobachtet, Jessie. Ich bin deine Schutzpiratin, wenn du so willst. Ich war mit dir in der Schule, ich hab diese Mrs Burke gesehen, und diese Miss

Jefferson auch. Ich war mit dir in der Kirche, bei Pater Gerald. Ich war in deinem Zimmer – aber das weißt du ja schon. Ich war mit im Stall, als ihr die Schafe geschoren habt. Und ich war mit dir auf dem Big Hill, nicht wahr? Weißt du, Jess, ich bin dir etwas schuldig. Ich bin vielleicht eine Piratin, aber meine Schulden bezahle ich immer.«

»Das verstehe ich nicht«, sagte Jessie.

»Natürlich nicht, wie solltest du auch? Aber was, wenn ich dir sage, dass ich der Schädel war, den du gefunden hast? Ja, ganz recht. Ich bin Smiley. Du hast mich aufbewahrt und mit mir gesprochen, weißt du noch? Du hast mir deine Sorgen anvertraut. Ich kenn dich in- und auswendig, Jess. Und dann hast du warmherziges Mädchen mich wieder da begraben, wo ich hingehöre. Damit hast du mir wirklich etwas Gutes getan. Ich hatte auf einmal wieder das Gefühl, gebraucht zu werden. Und wenn Grania O'Malley das Gefühl hat, dass sie gebraucht wird, kommt sie zurück, und wo immer sie hingeht, da gehen auch ihre Jungs hin. Also sind wir für eine Zeit lang zurückgekommen, nicht um dir Angst einzujagen, sondern weil wir dir vielleicht ein bisschen helfen können. So war das jedenfalls am Anfang gedacht. Aber so, wie's jetzt aussieht, brauche ich dich wahrscheinlich genauso sehr, wie du mich brauchst. So, und jetzt reib ich dir mal die Beine warm, hm?«

Sie legte ihre Pfeife weg und hielt ihre Hände ein paar Sekunden über das Feuer. Dann kniete sie sich neben Jessie und begann ihr die Beine zu reiben und zu kneten und zu massieren, bis sie langsam wieder zu kribbeln anfingen.

Grania O'Malley sah zu Jack hoch und blies sich in die Handflächen, bevor sie ein zweites Mal ansetzte. »Siehst du die Truhe da drüben, Jack? Wirf doch mal einen Blick hinein.«

Jack stand auf, ging zu der Truhe vor dem Fenster und hob den Deckel an. Er war schwer, Jack musste beide Hände nehmen. »Gold!«, flüsterte er. »Da ist lauter Gold drin!«

Grania O'Malley runzelte die Stirn. »Nicht *die* Truhe. Da sind die Einnahmen meines ganzen Lebens drin. Mach sie wieder zu, husch, mach schon! Ich meinte die andere, die kleine, da drüben in der Ecke, neben der Flagge. Siehst du die Flagge, Jack?«

Jack breitete die Flagge aus. Ein rotes Schwein galoppierte auf schwarzem Hintergrund, unterhalb eines ebenfalls roten, sich aufbäumenden Pferdes; Armbrüste zierten jede Ecke und ganz unten war ein Schiff aufgestickt, das genauso aussah wie das, mit dem sie gekommen waren.

»Ich sag dir was, Jack. Zu seiner Zeit hat dieses rote Schwein jedem Seemann, der es erblickte, eine Heidenangst eingejagt«, sagte Grania O'Malley.

Jack ließ die Fahne sinken und nestelte an dem Schloss der kleineren Truhe herum.

»Ja, das ist die richtige«, fuhr sie fort. »Dadrin sind alle wirklich wertvollen Dinge, die ich je besessen hab. Ich hab einen Gedichtband von Sir Philip Sidney, vom Dichter höchstpersönlich signiert. Er war ein wunderbarer Meister der Formulierungskunst und überhaupt ein wunderbarer Mann. Konnte ja nichts dafür, dass er Engländer war.«

Jack hatte es mittlerweile geschafft, die Truhe zu öffnen, und griff hinein.

»Wo hast du das her?«, fragte er und hielt mit beiden Händen die Schale eines merkwürdigen, prähistorisch aussehenden braunen Krebses mit einem Schwanz wie ein Stachelrochen. »Eine Schwertschwanzkrabbe«, erklärte Jack. »Bei uns zu Hause gibt's die am Strand zu Tausenden.«

»Und genau da hab ich sie gefunden«, sagte Grania O'Malley. »Kann natürlich nicht beschwören, dass es derselbe Strand war, aber es war nicht weit weg von der Insel, die ihr heutzutage Long Island nennt. Ja, ich weiß, wo du herkommst, Jack. Ich hab gelauscht, schon vergessen?«

»Du warst mal in Amerika?«, hakte Jack nach.

»Na, du bist aber schnell von Begriff, was? Wie hätte ich sonst an das Ding kommen sollen? Natürlich war ich da. Die Jungs und ich, wir waren zusammen da. Wir hatten nämlich Glück. Wenn alles gesagt und getan ist, ist das Leben ein einziges Spiel. Man braucht immer ein bisschen Glück. Wir hatten eine Karte, von einem portugiesischen Freibeuter, dem wir Manieren hatten beibringen müssen. Der Kerl wollte sich nämlich in den Hafen von Galway schleichen, ohne auch nur im mindesten um Erlaubnis zu fragen. Er hätte seinen Zoll zahlen sollen wie jeder andere auch. So was konnten wir doch nicht dulden, oder? Wir haben ihm alles abgenommen, was er hatte. Viel hatte er nicht – aber immerhin eine Karte von der amerikanischen Ostküste.« Sie wandte sich an Jessie. »Geht's deinen Beinen jetzt besser?«

»Ja, ein bisschen«, erwiderte Jessie.

»Du musst dich aufwärmen«, sagte Grania O'Malley und ließ ihre Fingerknöchel knacken. »Du auch, Jack. Komm her, komm näher ans Feuer.« Sie winkte ihn zu sich. »Du bist Amerikaner, also hast du wohl ein Anrecht darauf, es zu erfahren. Ich werde euch etwas erzählen, das sonst kein Lebender weiß, nicht einmal Mister Barney, und dem hab ich im Laufe der Jahre weiß Gott vieles erzählt. Ist ein feiner Kerl, dieser Mister Barney, bin gern in seiner Nähe. Aber zuerst müssen wir die Kälte aus euren Knochen kriegen. Komm näher, Junge.« Und sie setzte Jack mit dem Rücken zu den Flammen auf den Boden. »Schon besser.«

Dann begann sie wieder Jessies Beine zu reiben und dazu zu erzählen.

»Besonders viel kann ich dem Dasein als Geist nicht abgewinnen, kann ich euch sagen, aber zumindest spüre ich jetzt die Kälte nicht mehr so wie früher. Fünf Festungen hab ich gehabt, eine kälter als die andere. Am schlimmsten war dieses zugige Ding auf Clare Island, da unten am Kai. Rockfleet war am besten, aber selbst hier war es im Winter bitterkalt. Ganz anders als in Amerika, wo man sich in der Sonne bis ins Innerste aufwärmen kann. Ich sage euch, da wäre ich gern geblieben, wenn es irgendwie gegangen wäre. Wir waren als Erste dort, noch vor den Holländern und erst recht vor den vermaledeiten Engländern. Ihr glaubt mir wohl nicht, was? Na ja, damals hat mir auch keiner geglaubt, nicht mal mein eigener elender Ehemann. Aber ich war da, sage ich euch. Ich war da.«

Ihre Stimme wurde leise und tief und ernst. »Es gab Ärger zu Hause. Es gab immer Ärger zu Hause, aber diesmal war das nichts, woraus ich mich hätte rauswinden oder rausreden können. Die Engländer waren hinter mir her und die Schotten fielen von Norden her ein und auch mein Ehemann machte nichts als Ärger. Ich hab die portugiesische Karte und meinen Sohn genommen und bin geflohen. Wir hatten ein Schiff, dreißig gute Männer und genug Wasser und Lebensmittelvorräte, und wir fuhren Richtung Westen, der untergehenden Sonne entgegen. Drei Monate waren wir auf See, bis wir kaum mehr einen Tropfen Wasser übrig hatten und die Jungs gar nicht mehr gut auf mich zu sprechen waren. Und dann hatte ich Glück. Auf einmal kam Land in Sicht. Amerika.«

Sie zeigte auf die Flagge. »Genau diese Flagge hatte ich damals dabei. Ich hab sie oben auf den Dünen aufgepflanzt. Die Gegend war das reinste Paradies. Obst, frisches Wasser, Wild, Fisch, alles, was das Herz begehrte. Wie im Schlaraffenland. Wir beschlossen für immer zu bleiben, keiner von uns wollte zurück nach Hause. Aber eines Morgens passierte es. Mein kleiner Sohn – Tibbott hieß er – spazierte am Strand entlang auf der Suche nach Krebsen, diesen Schwertschwänzen. Er hatte schon Dutzende davon, aber er musste unbedingt noch einen haben, klar. Und dann war er auf einmal verschwunden, wie vom Erdboden verschluckt. Wir haben überall gesucht. Nichts. Am nächsten Morgen wachten wir davon auf, dass uns Indianer umzingelt hatten – mehrere hundert waren es, und sie wirkten alles andere als freundlich. Sie schossen mit Pfeil und Bogen auf mich und verfehlten mich nur um Haaresbreite. Der Pfeil landete im Sand, direkt neben meinem Fuß. Und sie hatten meinen kleinen Tibbott als Geisel genommen. Die Jungs wollten kämpfen, aber es gibt Zeiten, wo man kämpfen muss, und solche, wo man reden muss. Und das war eine Zeit zum Reden. Der Handel war ganz einfach: Ich würde meinen Sohn zurückbekommen, wenn wir danach von dort wegfuhren und nie mehr zurückkehrten. Natürlich hat keiner von uns die Sprache der Indianer gesprochen, aber das Nötigste konnten wir verstehen. Sie ließen uns genug Wasser und Lebensmittel aufladen, dazu die Flagge und eine Krebsschale für meinen Sohn. Und den Pfeil, der mich beinahe getötet hätte. Keine besonders reiche Ausbeute, was? Ja, das war's dann. Jetzt wisst ihr etwas, was sonst keiner weiß: Die Iren waren als Allererste in Amerika.«

Sie lehnte sich zurück und lächelte. »Amerika hat mir *gehört.* Das Land war mein, aber ich hab es verloren. Und dann hab ich es sogar fertig gebracht, es ein zweites Mal zu verlieren.«

»Wie das denn?«, fragte Jessie, die längst vergessen hatte, dass sie zu einem Geist sprach.

»Wieder mal war mein Sohn schuld, der in Amerika die Krebse gesammelt hatte. Mit dem war ich wirklich geschlagen. Er war mittlerweile an die zwanzig Jahre alt und ziemlich wirr im Kopf. Er hatte es irgendwie hinbekommen, sich von den Engländern ins Gefängnis werfen zu lassen – was nicht sehr schwer war, es passierte vielen Leuten. Ich hab selber ein, zwei Jahre hinter Gittern verbracht, und es war kein Spaß, kann ich euch sagen. Am liebsten hätten sie ihn gehängt, aber das konnte ich natürlich nicht zulassen. Eine Glucke muss sich doch um ihr Küken kümmern, nicht wahr? Also sind wir nach England gesegelt, die Jungs und ich, die Themse hoch nach Greenwich, um die Königin von England aufzusuchen, Königin Elisabeth höchstpersönlich. Ich schickte einen Boten voraus, mit einer Nachricht, dass ich zu ihr unterwegs sei und mit ihr sprechen wolle. Ich war wirklich höflich. Wenn man etwas haben will, ist es immer am besten, sich höflich zu verhalten. Und dann hab ich mit ihr gesprochen. ›Ich möchte, dass mein Sohn aus dem Gefängnis entlassen wird‹, hab ich zu ihr gesagt. ›Er hat nichts Böses getan.‹ Was, um ehrlich zu sein, nicht so ganz stimmte. Und da sagt sie zu mir: ›Was ist bei der Sache für mich drin?‹ Und ich entgegne ganz schnell: ›Wie wär's mit Amerika?‹ Das gehörte mir natürlich nicht, aber das musste ich ihr ja nicht gerade auf die Nase binden. ›Amerika gehört mir‹, sage ich, ›es ist irisch.‹ ›Tatsächlich?‹, sagt sie und lächelt überheblich von einem Ohr zum anderen. Langer Rede kurzer Sinn: Sie hat Amerika genommen und ich bekam meinen Sohn zurück – also hatte ich nichts verloren, was ich nicht schon vorher verloren hatte, und hatte dazu noch das erreicht, was ich wollte. Entsprechend war ich natürlich im siebten Himmel. Und als ich schon gehen wollte, sagte sie zu mir: ›Sie sind doch eine Piratin, nicht wahr?‹ ›Manchmal‹, antwortete ich. ›Ich auch‹, sagte sie. ›Aber verraten Sie das bloß keinem. Und hören Sie, Grania O'Malley, wenn sie weiterhin seeräubern wollen, dann tun Sie das so heimlich, still und leise, dass es niemand mitbekommt und wir keinen Grund haben, uns in die Haare zu geraten.‹ Ich sage euch, diese Königin war eine Frau ganz nach meinem Geschmack.«

Sie warf einen Holzscheit ins Feuer und rückte ihn mit dem nackten Fuß zurecht. »So, das war sie, meine ganze Lebensgeschichte in einer Krebsschale. Aber das ist alles lange her und Schnee von gestern. Die letzten paar hundert Jahre haben meine Jungs und ich sozusagen gewartet. Wenn man einmal tot ist, mischt man sich ungern irgendwo ein, aber es gibt Sachen, da kann man nicht einfach herumsitzen und zuschauen. Es gibt Zeiten, in denen man gebraucht wird. Und was ich in den letzten Jahren gesehen und gehört hab, hat mir gar nicht gefallen. Ob tot oder nicht – das hier ist mein Land, mein Meer. Mein ganzes Leben lang hab ich es so gut verteidigt, wie ich konnte. Manchmal haben wir gewonnen, manchmal verloren. Und es hat mir nie etwas ausgemacht zu verlieren, weil ich wusste, dass wir am Ende doch gewinnen würden. Invasionen, Belagerungen – die kommen und gehen, gleichgültig ob Normannen, Engländer oder Schotten. Sie sind alle gekommen und sie sind alle auch wieder gegangen. Wir hatten Hungersnöte, wir hatten die Pest. Da gab es für einen armen Geist nichts zu tun außer zuzusehen und zu weinen. Aber der Big Hill auf Clare Island … Wenn sie den mal zerstören, können sie ihn hinterher nicht wieder errichten. Es gibt Wunden, die auch die Zeit nicht heilen kann.

Ich stehe ganz auf Seiten deiner Mutter, Jess, und auf deiner Seite. Wir müssen die Sache aufhalten, auf welche Art auch immer.«

»Aber es will uns keiner zuhören, stimmt's, Jack?«, stieß Jessie hervor. »Mum hat auf sie eingeredet, immer und immer wieder, aber sie hören ihr nicht zu. Sie sind alle scharf auf das Gold.«

»Was man ihnen auch kaum verdenken kann, oder?«, sagte Grania O'Malley. »Sind doch alles nur Menschen. Ist nur natürlich, dass Menschen gierig sind – nicht gut, aber natürlich. Ich war zu meiner Zeit auch ganz schön hinter dem Gold her. Ich kenne keinen Piraten, der anders gewesen wäre. Jetzt hört mal zu. Die Jungs und ich, wir haben lange darüber nachgedacht, und wir sind uns alle einig, dass uns der Schatz da drüben in der großen Truhe zu nicht mehr viel nutze ist. Ich meine, das Einzige, was wir mit dem Zeug machen, ist, es beim Wetten einsetzen, und dafür können wir genauso gut Kieselsteine vom Strand nehmen. Ich kann nicht behaupten, dass allen Jungs der Gedanke, sich von dem Schatz zu trennen, besonders behagen würde, aber sie wissen so gut wie ich, dass es für einen guten Zweck ist. Außerdem tun sie das, was man ihnen sagt – meistens jedenfalls.«

Ihre Augen glänzten. »Ich hab lange auf den richtigen Zeitpunkt gewartet, und nun ist er gekommen. Sobald ihr wieder trocken seid, rudern euch die Jungs nach Clare rüber und setzen euch ab, nicht weit von da, wo sie euch aufgelesen haben. Da gibt's eine Höhle, Piper's Hole haben wir sie schon zu meiner Zeit genannt. In der hab ich mich bestimmt ein Dutzend Mal versteckt, wenn die Engländer mir auf der Spur waren. Ist vielleicht die tiefste Höhle auf der ganzen Insel und nur vom Wasser her zu erreichen. Der perfekte Platz. Und ratet mal, was ihr ganz hinten in der Höhle finden werdet und was beinahe vierhundert Jahre lang keiner entdeckt hat? Den verlorenen Schatz von Grania O'Malley. Versteht ihr, worauf ich hinauswill?«

Sie stand auf, ging zu der Truhe vor dem Fenster und hob den Deckel an. »Der Schatz stammt von der *Santa Felicia*, einem der größten Schiffe der spanischen Armada, das im schlimmsten Sturm, den ich je erlebt habe, an die Felsen geschleudert wurde. Wir haben die meisten Matrosen gerettet, und den Schatz und den Kapitän – Don Pedro. Er war ziemlich krank, also hab ich ihn gepflegt, wie es eine gute Christin eben tun sollte. Ansehnlich war er, hatte so dunkle Augen, dass man darin hätte ertrinken können – aber das ist eine andere Geschichte.« Sie wirkte plötzlich traurig. »Eine andere Geschichte, für einen anderen Tag vielleicht. Sagen wir einfach, dass wir Don Pedros Schatz seither für schlechte Zeiten aufbewahrt haben, und jetzt sind die schlechten Zeiten da. In dieser Truhe ist mehr Gold, als sie jemals im Big Hill finden können. Ihr werdet die Finder sein, also werdet ihr auch diejenigen sein, die darüber entscheiden, was damit geschehen soll. Ihr müsst denen nur sagen, dass ihr den Schatz gern mit allen Bewohnern der Insel teilt – wenn sie dafür den Big Hill in Ruhe lassen. Na, was haltet ihr davon?«

»Cool«, sagte Jack und grinste breit. »Echt coole Idee.«

»Fand ich eben auch«, erwiderte Grania O'Malley.

»Darf ich mal schauen?« Jessies Beine waren immer noch ganz steif vor Kälte, und es war nicht einfach aufzustehen, aber sie *musste* einen Blick auf den Schatz werfen.

Die Truhe war bis oben gefüllt mit goldenen Bechern, goldenen Tellern, Golddublonen und Goldketten. Mit Smaragden und Rubinen besetzte Kreuze funkelten mit Ringen und Perlen und Armreifen und Halsketten und weiß der Himmel noch alles um die Wette.

»Stammt mein Ohrring auch von hier?«, fragte Jessie.

»Ja, beide«, antwortete Grania O'Malley.

Jessie tauchte die Finger ein, schaufelte eine Hand voll Münzen heraus und ließ sie wieder hinabrieseln. »Das klappt«, sagte sie. »Das klappt bestimmt. Sobald sie das hier sehen, sobald sie es anfassen, vergessen sie das Gold vom Big Hill, garantiert.«

Sie und Jack hoben gleichzeitig den Kopf, als sie einen Hubschrauber tief über sich hinwegfliegen hörten. »Sie suchen uns«, sagte Jessie. »Mum und Dad sind bestimmt ganz krank vor Sorge.«

»Lange werden sie nicht mehr in Sorge sein müssen«, sagte Grania O'Malley.

Jack rannte zum Fenster. Der Hubschrauber flog über die Inseln der Clew Bay in Richtung Clare Island.

»Wir bringen euch bald nach Hause«, fügte Grania O'Malley hinzu. »Wir müssen nur ein Weilchen auf die Flut warten, damit wir das Boot vom Strand kriegen, dann legen wir ab.« Wenige Augenblicke später verschwand sie die Treppe hinunter und ließ die beiden allein.

Jack starrte in die Truhe. »Nicht zu glauben«, stieß er hervor. »Ich kann es einfach nicht glauben.«

Jessie legte ihm eine Kette um den Hals und kippte ihm etliche Goldmünzen in die Hände. »Glaubst du es jetzt?«, fragte sie.

Hitzige Stimmen drangen von unten zu ihnen herauf und dann Grania O'Malleys Stimme, die alle anderen übertönte. »Jetzt seid doch endlich still und hört mir zu! Hab ich euch jemals im Stich gelassen, hm?«

»Ja«, sagte einer der Piraten.

»Also gut, vielleicht hab ich's mal getan, aber nicht oft. Und wir haben doch immer alles miteinander durchgestanden, die guten wie die schlechten Zeiten. Außerdem waren wir uns doch einig, oder nicht? Der Schatz muss geopfert werden, damit wir den Big Hill retten.« Immer noch ging ein unwilliges Raunen durch die Reihen ihrer Gefolgsleute. »Jetzt sagt mir mal eines«, fuhr sie fort. »Macht es einen glücklicher, ein reicher Geist zu sein? Na, na?« Ein langes Schweigen folgte ihren Worten. »Brendan, Donal, rauf mit euch, holt die Truhe her. Und seid bloß nett zu den Kindern, hört ihr? Versucht mal zu lächeln, um Himmels willen, das wird euch schon nicht wehtun. Es gibt nichts Schlimmeres als einen Haufen schmollender Piraten.«

Kurz darauf erschienen die zwei Seeräuber auf der Treppe

und versuchten wirklich sich ein Lächeln abzuringen, was ihnen aber nicht besonders gut gelang. Sie warfen einen wehmütigen Blick auf die Truhe, dann schlossen sie den Deckel und schleppten das schwere Ungetüm hinunter.

Wenig später kam Grania O'Malley nach oben, führte Jessie und Jack über die Wendeltreppe wieder nach unten und aus Rockfleet Castle ins strahlende Sonnenlicht hinaus. Auf je einer Seite von der Piratin und Jack gestützt, schaffte es Jessie über die Felsen zum wartenden Boot.

Grania O'Malley setzte sich und die Kinder auf die Truhe, die hoch im Bug aufgebaut war, und ging den ganzen Plan noch einmal durch, um sicherzustellen, dass alle alles verstanden hatten, aber es fiel Jessie und Jack schwer, sich zu konzentrieren. Zwei Hubschrauber brummten hoch über ihren Köpfen. Das Rettungsschiff war unterwegs und suchte, und die Fähre auch. Es sah aus, als wäre so ziemlich jedes Boot der Insel auf See. Als sie den Schutz der Clew Bay verließen und auf das offene Meer hinausfuhren, glitt die Fähre in Rufweite an ihnen vorbei. Das Deck war voller Menschen – da waren Michael Murphy und Pater Gerald und Mrs O'Leary vom Pub. Einige hielten sich Ferngläser an die Augen und suchten den Horizont ab. Aber niemand schien das Piratenschiff sehen zu können. Immer weiter schoss die Galeere vorwärts, hüpfte im Kielwasser der Fähre auf und ab, sodass die Gischt alle an Bord durchnässte.

»Man sollte doch meinen, die passen auf, wo sie fahren«, sagte Grania O'Malley lachend und wischte sich übers Gesicht. »Also, ihr habt mich verstanden, ihr beiden? Sie bekommen meinen Schatz nur unter der Bedingung, dass sie den Big Hill in Ruhe lassen, verstanden? Auf den Handel lassen sie sich bestimmt ein, ihr werdet schon sehen.«

Als sie sich dem Ufer näherten, griff Grania O'Malley eigenhändig nach der Ruderpinne und steuerte das Schiff durch die Brandung. Sie wartete die richtige Welle ab, dann gab sie das Kommando, und sie glitten auf dem Wellenkamm durch eine schmale Öffnung im Riff in das ruhigere Wasser einer verborgenen kleinen Bucht. Die Hälfte der Piraten holte nun die Ruder ein und hastete nach vorn, um ins hüfthohe Wasser zu springen und ans Ufer zu waten. Mit kräftigen Armschlägen zogen sie an den Tauen und holten das Boot an Land. Die Schatztruhe wurde als Erstes und mit besonderer Vorsicht ausgeladen. Dann wurden die Kinder über Bord gehievt und – wesentlich weniger vorsichtig als die Truhe, fand Jessie – aus dem seichten Wasser an den Kiesstrand getragen und neben der Truhe abgesetzt.

»Wir fahren dann mal wieder zurück«, sagte Grania O'Malley, »bevor wir's uns doch noch anders überlegen.« Die Mannschaft warf einen letzten Blick auf die Truhe, wie eine Hundemeute, der man die Lieblingsknochen weggenommen hat.

Grania O'Malley beugte sich vor und klopfte mit der flachen Hand auf die Truhe. »So süß ist Trennungswehe«, sagte sie wehmütig, dann lächelte sie Jessie und Jack an. »Shakespeare. Den Herrn hätte ich wirklich gern mal kennen gelernt. Na ja, vielleicht hab ich ja noch eines Tages das Vergnügen.

Aber es gibt viele Sachen, die ich hätte tun sollen und nie getan habe, und noch mehr Sachen, die ich getan habe, obwohl ich sie nicht hätte tun sollen. Vielleicht ist das der Grund, dass ich jetzt das hier tue. Wer weiß das schon?«

Sie zauste Jacks Haar, dann stand sie auf, stemmte die Hände in die Hüften und sah zu Jessie hinunter. »Jetzt hab ich mir aber einen Kuss verdient, oder nicht?«

Jessie zögerte keinen Augenblick. Sie streckte sich, schlang Grania O'Malley die Arme um den Nacken, drückte sie an sich und küsste sie auf die Wange. »Wenn du mich brauchst, werde ich es spüren«, sagte die Piratenbraut. »Und kein Wort über mich und die Jungs. Versprochen? Sie würden dir sowieso nicht glauben.«

Sie drehte sich weg und stapfte durch das seichte Wasser zum Boot zurück. Das Letzte, was sie von ihr sahen, war, wie sie am Bug des Schiffes stand, genau wie in Jessies Traum. Sie winkte, und dann verschwand das Boot einfach. Jessie und Jack saßen allein am Strand, die Schatztruhe zwischen sich, während die zurückweichenden Wellen über den Kiesstrand knirschten.

Die Truhe war unvorstellbar schwer. Zuerst bezweifelten sie, dass sie sie überhaupt würden tragen können. Aber sie wussten, sie mussten es tun. Sie wollten nicht, dass irgendjemand die Truhe zu Gesicht bekam, bevor der richtige Zeitpunkt gekommen war, bevor sie bereit waren. Sie mussten sie verstecken. Ruckend zerrten sie die Truhe den Strand hinauf und in die dunkle Höhle, bis es nicht mehr weiterging. Sie saßen immer noch darauf und versuchten wieder zu Atem zu kommen, als sie auf einmal Stimmen hörten, die hoch droben auf den Klippen nach ihnen riefen.

»Sollen wir antworten?«, fragte Jessie.

Da sprang Jack etwas ins Auge. »Nicht, solange du deinen Ohrring dranhast«, sagte er.

Jessie schlug sich mit der Hand aufs Ohr. Sie hatte den Ohrring komplett vergessen. Hastig nahm sie ihn heraus und ließ ihn in die Jeanstasche gleiten.

»Fertig«, sagte sie.

»Dann los«, erwiderte Jack.

Zusammen stapften sie aus der Höhle und schrien: »Hier unten! Wir sind hier unten!«

Doch ihre Stimmen gingen in dem Dröhnen des Hubschraubers über ihren Köpfen unter. Ein paar Augenblicke schwebte er reglos über den Felsen, dann brauste er aufs Meer hinaus, um kurz darauf zu wenden und wieder zu ihnen zurückzufliegen. Ein Mann lehnte sich heraus und schwenkte die Arme. Dann wurde er abgeseilt. Der Wind von den Propellerblättern drückte Jessie zu Boden, und sie blieb einfach sitzen, wo sie war, auf den nassen Kieselsteinen, während der Mann landete und auf sie zugerannt kam.

Er kauerte sich neben sie. »Keine Sorge«, sagte er. »Jetzt wird alles gut. Alles wird gut. Ihr seid bestimmt ziemlich eingefroren, was?«

»Ziemlich«, antwortete Jack.

»Wir bringen euch schnell nach Hause«, sagte der Mann. »Die Dame zuerst, hm? Dich hole ich in einer Minute nach.« Er legte Jack die Hand auf die Schulter. »Bleib einfach, wo du bist, ich komme gleich wieder.«

Er schnallte Jessie in den baumelnden Gurten fest und einen Augenblick später wirbelten sie zusammen durch die Luft. Starke Arme griffen nach ihr und zerrten sie in den Hubschrauber, wo sie gleich in mehrere Decken gewickelt wurde. Kurz darauf saß auch Jack neben ihr in der Maschine und sie flogen tief über Felder hinweg, über den Kai, die Ruine der Abtei und die Schule; und da tauchte auch schon die Farm unter ihnen auf und das Haus und die »Geschöpfe« im Garten. Jessie tastete nach Jacks Hand und drückte sie und Jack erwiderte ihren Druck.

Als sie auf der Wiese landeten, stoben die Schafe in alle Richtungen davon. Jessies Eltern kamen aus dem Haus gerannt, Panda auf den Fersen, der mit wild wehendem Fell heranstürzte und den Hubschrauber anbellte. Mole hastete mit den Schafen davon, so schnell seine Beine ihn tragen wollten.

Sie umarmten sich und umarmten sich, eine scheinbare Ewigkeit lang, erst zu zweit und dann alle vier. Jessie dachte schon, ihre Eltern würden sie nie wieder loslassen. Schließlich schwächte sich das Dröhnen der Propeller zu einem leisen Wimmern ab und verstummte dann ganz. Es war wieder still – bis auf Mole, der seine Entrüstung in die Welt hinausschrie, und Panda, der immer noch die außerirdischen Eindringlinge ankläffte.

Es gab ein heißes Bad und heiße Schokolade und Erdnussbuttersandwiches und dazu die ganze Zeit Fragen, auf die Jessie antwortete – so hatten sie es vereinbart. Sie blieb so nahe bei der Wahrheit wie nur möglich. Sie war auf den Felsen ausgerutscht und ins Meer gefallen. Jack war hinterhergesprungen und hatte sie gerettet. Sie waren so lange im Wasser getrieben, dass sie fast erfroren waren, doch dann hatten die Wellen sie in die kleine Bucht geschwemmt und sie hatten sich in die Höhle geflüchtet. Jack hatte versucht auf die Klippen zu klettern, aber es ging nicht, also waren sie einfach in der Höhle geblieben und hatten gewartet. Jessies Antworten fielen spärlich aus, und wenn ihre Eltern nachhakten, sagte sie, sie könne sich nicht mehr erinnern.

Doktor Brady wurde mit dem Hubschrauber vom Festland herübergeflogen, um Jessie und Jack zu untersuchen. Sie seien in einem erstaunlich guten Zustand, berichtete er, wenn man bedachte, was sie alles durchgemacht hatten. Noch mehr Fragen prasselten auf sie herab. Sie blieben bei ihrer Geschichte und alle schienen ihnen zu glauben.

Jessies Mutter machte in der Küche heißen Tee für die Besatzung des Hubschraubers; und dann kamen die Besucher, wie es schien, die ganze Insel. Sogar Marion Murphy tauchte auf – und das war das erste Mal, dass sie überhaupt einen Fuß in Jessies Haus setzte –, aber Jacks Befinden interessierte sie natürlich mehr als das von Jessie.

Es gab noch mehr Tränen und noch mehr Umarmungen und noch mehr Fragen. Und während der ganzen Zeit konnte

Jessie nur daran denken, wie sie ihren Eltern von dem Plan zur Rettung des Big Hill erzählen sollte, ohne Grania O'Malley zu erwähnen. Es würde nicht leicht werden.

Sie wartete, bis alle gegangen waren, dann suchte sie quer durchs Wohnzimmer Jacks Blick. Es war so weit. Sie überlegte immer noch, wie sie es hinkriegen sollte, dass die Geschichte überzeugend klang, als ihr Vater ihr auf einmal einen hilfreichen Einstieg bot. »Ich verstehe immer noch nicht, wie du es geschafft hast, Jack«, sagte er. »Du hattest die Strömung gegen dich und die Ebbe auch. Und wieso hat euch nicht schon früher jemand entdeckt? Ich sage euch, es ist ein Wunder, ein richtiges Wunder.«

»Wir waren ziemlich lange in der Höhle«, begann Jessie, die ihre Gelegenheit gekommen sah. »Wahrscheinlich hat uns deswegen keiner gesehen. Da ist ein tiefer, langer Tunnel und wir haben uns da reinverkrochen, damit wir vor dem Wind geschützt waren, stimmt's, Jack?« Jack nickte, sagte aber kein Wort. Eine große Hilfe würde er ihr eindeutig nicht sein. »Dann ist Jack losgegangen und hat sich umgesehen. Und dann hat er ihn gefunden.« Alle Blicke waren auf sie gerichtet – sie warteten auf mehr. Jetzt gab es kein Zurück mehr. »Wir dachten, ihr seid die Ersten, denen wir es erzählen müssen, stimmt's, Jack? Ich meine, er gehört uns, weil wir ihn gefunden haben, und wir haben schon entschieden, was wir mit ihm tun werden, stimmt's?«

»Mit wem?«, fragte Jessies Mutter völlig verständnislos nach. »Wovon in aller Welt redest du überhaupt, Jess?«

Zu Jessies Überraschung schaltete sich nun Jack ein. »Ein Schatz. Gold. Ich hab hinten in der Höhle eine ganze Truhe voll Gold gefunden. Jess sagt, das ist der Schatz von Grania O'Malley, wer auch immer das sein mag.«

Jessies Eltern wechselten einen verwunderten Blick. »Jetzt noch mal langsam zum Mitschreiben, Jack«, sagte ihr Vater dann. »Ihr wart in der Höhle – und da hast du eine Truhe voll Gold gefunden?«

»Ja, genau«, antwortete Jack. »Ganz tief drin, im hintersten Winkel, wie gesagt. Ist ziemlich dunkel da, aber man konnte trotzdem noch genug sehen.«

Jessie verbiss sich mühsam ein Lächeln.

Ihr Vater lachte – ein nervöses Lachen. »Soll das ein Witz sein, oder was?«

»Ich kann's beweisen«, rief Jessie triumphierend. »Ich hab ein Stückchen davon hier.«

»Du hast was von dem Schatz mitgenommen, von dem Gold? Mit hierher?«

»Es ist oben, in meiner Jeanstasche. Ich hole es.«

Sie fand ihre Kleider da, wo sie sie ausgezogen hatte – übereinander auf dem Badezimmerboden. Der Ohrring fiel heraus, als sie ihre Jeans hochhob. Barry schreckte panisch auf, als sie ihre Hand in sein Goldfischglas steckte und hektisch das Wasser aufwirbelte, bis sie schließlich den anderen Ohrring unter den Steinen fand. »Der gehört dir nicht, weißt du«, flüsterte sie.

Als sie wieder nach unten kam, waren die anderen immer

noch in tiefes Schweigen versunken. Jessie strahlte Jack an und öffnete die Hand.

Ihre Mutter nahm die Ohrringe einzeln und hielt sie ins Licht. »Wunderschön«, raunte sie. »Einfach wunderschön.«

»Ich hab sie stibitzt«, sagte Jessie. »Aus der Schatztruhe. Da gibt's einen Haufen solcher Sachen – Halsketten und Kreuze und Teller und alles Mögliche. Und alles ist aus Gold, stimmt's, Jack?«

Jessies Vater stand auf. »Und die Truhe ist immer noch dort?«, fragte er. »Immer noch in Piper's Hole?«

Jessie nickte.

»Ich fahre mit dem Boot raus. Und ich brauche eine Taschenlampe.«

»Ich komme mit«, entschied Jessies Mutter und schlüpfte in ihre Jacke. »Ihr beiden bleibt hier in der Wärme.«

Als sie sicher sein konnten, dass ihre Eltern weg waren, sahen sie einander an, lächelten erst und brachen dann in lautes Gelächter aus. Sie lachten, bis ihnen die Bäuche wehtaten, vor Freude, vor Erleichterung. Doch plötzlich hielt Jack inne und packte Jessie am Arm.

»O Gott, ich hoffe nur, dass Grania O'Malley es sich nicht anders überlegt hat, noch mal hingefahren ist und die Truhe wieder weggebracht hat. Ein paar von den Piraten waren überhaupt nicht begeistert, dass der Schatz wegsollte, und sie selber auch nicht so ganz.«

»Vertrau ihr«, sagte Jessie, und sie war sich ziemlich sicher, dass alles gut werden würde; aber je länger sie warteten, desto unsicherer wurde sie.

Erst beinahe zwei Stunden später – draußen war es längst dunkel – hörten sie Panda bellen und Clatterbang kleppernd den Feldweg hochtuckern.

Sie rannten hinaus.

Jessies Eltern schleppten die Truhe mühsam über den Hof. Jack eilte ihnen zu Hilfe, während Jessie ihnen die Hintertür aufhielt. Keuchend hievten sie den Schatz auf den Küchentisch.

Jessies Vater stützte sich kopfschüttelnd auf der Tischplatte ab.

»Ihr hattet Recht«, sagte ihre Mutter atemlos.

»Habt ihr schon reingeschaut?«, fragte Jessie.

»Alles echt«, erwiderte ihr Vater. »Ein echter Schatz. Ich kann's nicht fassen. Ich kann es einfach nicht fassen!«

»Und er gehört uns«, sagte Jessie. »Es gehört alles uns!«

Mister Barney

Nachdem sie die Truhe geleert hatten, strahlte die ganze Küche in goldenem Glanz. Wie Girlanden schmückten üppige Goldketten die Anrichte, goldene Becher und Kelche standen auf den Regalborden aufgereiht. An jedem Schubladengriff und Tassenhaken baumelten juwelenbesetzte Halsketten. Die Tischplatte war unter der Last von Dublonen, Kreuzen und mit funkelnden Edelsteinen überladenen Schalen beinahe nicht mehr zu sehen. Und in der Mitte, auf dem Ehrenplatz, prangte ein mächtiger goldener Wasserkrug mit einer Gießtülle in Form eines Fischmauls. Jessie und ihre Familie setzten sich um den Schatz herum und sahen sich staunend um.

Jessie steckte sich ihre Ohrringe an und betrachtete ihr Spiegelbild in einem der goldenen Teller. Lange Zeit brachte niemand ein Wort heraus.

»Könnte mich bitte jemand kneifen?«, durchbrach schließlich ihr Vater das Schweigen. »Noch am Nachmittag dachte ich, ihr wärt beide tot und ertrunken und für immer von uns gegangen – und jetzt sitzt ihr quicklebendig vor mir. Und dann noch das hier.«

»Der verlorene Schatz von Grania O'Malley«, raunte Jessies Mutter. »Du hast Recht, Jess. Er muss es sein. Mister Barneys Geschichte ist Wirklichkeit geworden.«

»Was meinst du?«, fragte Jessie und versuchte nicht allzu neugierig zu klingen.

Ihre Mutter lehnte sich auf dem Stuhl zurück, unfähig, den Blick von dem Schatz abzuwenden. »Und wir haben alle gedacht, der alte Mann hätte nicht mehr alle Tassen im Schrank.«

»Um Himmels willen, Cath«, sagte Jessies Vater. »Mister Barneys Geschichten sind einfach nur Geschichten, sonst nichts. Da steckt kein Fünkchen Wahrheit drin, das wissen wir doch alle. Du jagst Jess nur unnötig Angst ein.«

Aber Jessies Mutter fuhr fort: »Ich war etwa so alt wie du, Jess, als es passiert ist. Mister Barney war damals auch schon alt, aber er konnte am Tag immer noch mehr Torf stechen als jeder andere Mann auf der Insel. Wir Kinder kamen manchmal hier rauf, um ihm beim Aufschichten zu helfen, und danach gab er uns Wasser und wir setzten uns alle hin, damit er uns eine von seinen Geschichten erzählte. Die meisten habe ich vergessen, aber diese eine nicht. Eines Tages erzählte er uns, er sei auf dem Big Hill gewesen und da sei ihm der Geist von Grania O'Malley erschienen. Er sagte, sie hätte ihm von ihren Seeräuberzeiten erzählt und wie sie sich mal in einen spanischen Kapitän oder Admiral oder so verliebt hätte, ich kann mich nicht mehr genau erinnern. Aber auf jeden Fall wurde dieser spanische Kapitän mit seinem Schiff – das gehörte zur spanischen Armada und so weiter – um die Spitze von Irland getrieben und zerschellte an den Felsen. Alle Leute auf Clare

Island wollten ihn umbringen, ihn und seine ganze Mannschaft. Aber Grania O'Malley ließ das nicht zu. Hatte sich wohl in ihn verguckt. Sie sagte, wozu sollte man jemanden umbringen, wenn man seinen Schatz doch sowieso haben kann. Das sei wesentlich christlicher, hat sie dem alten Mister Barney erzählt. Also rettete sie den spanischen Kapitän und seine Mannschaft und schnappte sich das Gold. Und alle waren glücklich.«

»Ach komm schon«, unterbrach Jessies Vater seine Frau. »Das Märchen glaubst du doch nicht im Ernst.«

Sie warf ihm einen langen, vernichtenden Blick zu. »Wie gesagt«, fuhr sie fort, »sie nahm den Schatz in Besitz und der Kapitän blieb mit seiner Mannschaft eine Weile auf der Insel. Er war krank und sie hat ihn gesund gepflegt. Sie erzählte Mister Barney, das sei das einzige Mal in ihrem Leben gewesen, wo sie mit einem Mann richtig glücklich war. Aber dann gab es einen Kampf, und der Kapitän – ich glaube, er hieß Don … Don Pedro, ja, das war's, Don Pedro – also jedenfalls, er wurde verletzt, und auf seinem Totenbett nahm er Grania O'Malley das Versprechen ab, seine Mannschaft sicher zurück nach Spanien zu bringen. Das hat sie dann auch getan, aber seinen Schatz hat sie natürlich behalten. Sie hat ihn versteckt, weil sie nicht wollte, dass die plündernden Engländer ihn finden. Und auch später, als sie schon alt war, hielt sie ihn verborgen – für schlechte Zeiten, das hat sie zu Mister Barney gesagt.

Natürlich haben wir ihm damals kein Wort geglaubt. Aber wir hätten es gern getan. Ich weiß noch, dass ein paar von uns kurz darauf in der Gegend herumgebuddelt haben, aber wir haben nichts gefunden, also gaben wir bald auf. Ganz anders der alte Mister Barney. Immer wieder konnte man ihn sehen, wie er mit seinem Metalldetektor da oben herumlief, bei jedem Wetter, und Grania O'Malleys Schatz suchte. Je älter wir wurden, desto mehr lachten wir ihn aus. Ab und zu fand er Kleinigkeiten, ein, zwei Münzen, nicht viel. Aber dann machten seine kaputten Hüften ihm einen Strich durch die Rechnung. Armer alter Mann, jetzt kann er kaum noch laufen.«

Jessies Vater wollte wieder dazwischengehen, aber sie machte eine abwehrende Handbewegung. »Ich behaupte ja nicht, dass er nicht irgendwie merkwürdig ist, Jimmy. Ich sehe selber, dass die Geschichte unwahrscheinlich klingt, aber schau dir mal diesen Schatz an! Die Geschichte passt wie angegossen. Es hat keinen Sinn, alles damit abtun zu wollen, dass er verrückt sei. Du hast doch neulich Abend gehört, wie er sich ins Zeug gelegt hat, um den Big Hill zu retten. Du weißt doch, wie es bei ihm zu Hause aussieht. Bis unter die Decke stapeln sich die Geschichtsbücher, stimmt's? Er ist nicht verrückt. Er ist kein alter Trottel. Der Mann weiß mehr über diese Insel als jeder andere lebende Mensch. Ich sage dir, er ist ein wandelndes Lexikon.«

Jessie hörte gebannt zu. Vielleicht war dies der Augenblick, ihre ganze Geschichte noch mal zu erzählen, so, wie sie wirklich abgelaufen war, ihren Eltern zu gestehen, dass sie die Truhe nicht in der Höhle gefunden hatten, dass sie Grania

O'Malley begegnet waren, genau wie seinerzeit der alte Mister Barney. Aber dann überlegte Jessie es sich wieder anders. Hatte nicht Grania O'Malley höchstpersönlich ihnen das Versprechen abgenommen, kein Wort zu verraten? Hatte sie nicht selbst gesagt, es würde ihnen sowieso niemand glauben? Sie hatte Recht. Alle würden behaupten, sie hätte es sich nur ausgedacht; außerdem konnte Jessie es selber kaum mehr glauben. Es war einfach alles so unwirklich.

Ihr Vater schnaubte. »Blödsinn«, sagte er. »Das ist doch alles nur gequirlter Blödsinn. Mister Barney ist nicht ganz richtig im Oberstübchen, das steht fest. Es gibt einfach Sachen, die es nicht gibt. Geister zum Beispiel.«

»Ach ja?«, entgegnete Jessies Mutter säuerlich. »Schau dir mal die Münzen auf dem Tisch an. Spanische Dublonen, oder nicht? Ich hab so was schon mal gesehen, und du auch. Wenn sie spanisch sind, stammen sie, ob's dir passt oder nicht, von einem Schiff der Armada. Es ist doch eine Tatsache, dass zumindest eines der Armada-Schiffe vor Clare Island untergegangen ist. Denk doch mal nach – jeden Sommer kommen Leute her und tauchen zum Wrack, oder nicht? Kein Wunder, dass sie nicht viel gefunden haben. Weil der Schatz nämlich seit Hunderten von Jahren in Piper's Hole versteckt lag. Weißt du nicht mehr, wie sie letztes Jahr diese Bordkanone im Fischnetz hochgehievt haben? Die stammte von dem Armada-Schiff, oder nicht? Das kannst du nicht abstreiten. Und jeder Mensch hier weiß, dass zu Zeiten der spanischen Armada Grania O'Malley über die Gewässer hier geherrscht hat.

Also dann sag mir eins: Wem soll der Schatz sonst gehören, wenn nicht ihr?«

Sie hatten schon wieder zu streiten angefangen und Jessie wollte dem ein Ende setzen. »Ist doch egal, wem der Schatz gehört hat, Mum«, sagte sie. »Jetzt gehört er jedenfalls uns, Jack und mir, und wir haben schon entschieden, was wir damit machen wollen, stimmt's, Jack?« Jack lächelte sie an, aber er wirkte unsicher. Da verlor auch Jessie den Mut. Von Panik gelähmt, kam es ihr vor, als wäre ihr Verstand eingefroren. Sie konnte keinen einzigen klaren Gedanken mehr fassen. »Erzähl du es ihnen, Jack«, stieß sie verzweifelt hervor.

Jack starrte sekundenlang auf seine Hände und schwieg. »Na ja«, begann er schließlich, »wir waren also in der Höhle, Jess und ich, und haben uns überlegt, was wir mit dem Schatz machen sollen ... also, was wir damit alles kaufen können und so. Ich hab gesagt, ich wünsch mir einen alten Studebaker oder einen Bugatti, weißt du noch, Jess? Und du hast gesagt, du willst dir eher zwei neue Beine zulegen, erinnerst du dich?«

Jessie traute beinahe ihren Ohren nicht. Jack war genial!

»Wir haben halt geredet und herumphantasiert, mehr nicht«, fuhr Jack fort. »Zu dem Zeitpunkt haben wir gar nicht mehr so recht dran geglaubt, dass wir jemals wieder rauskommen. Die Flut war am Kommen und das Wasser schwappte fast bis in die Höhle und wir konnten nirgendwo anders hin. Wir dachten, wir würden ertrinken. Also haben wir uns ein Versprechen gegeben.«

»Was für ein Versprechen?«, fragte Jessies Mutter.

»Na ja, Versprechen kann man's vielleicht nicht nennen, eher einen Deal«, sagte Jack. »Ja, wir haben einen Deal mit dem Schicksal gemacht. Wir haben gesagt, wenn wir jemals wieder lebend rauskommen sollten, würden wir den Schatz verschenken, statt ihn selber zu behalten. Wir wollten ihn mit den Leuten auf der Insel teilen. Das war Jess' Idee. Sie hat gesagt, wenn jeder einen anständigen Anteil bekommt – und es sah so aus, als wäre genug für alle da –, dann bräuchten sie den Gipfel des Big Hill nicht mehr abzuschneiden, weil sie dann genug Gold hätten. Ich fand, dass das eine tolle Idee war. Also haben wir uns das versprochen, für den Fall, dass wir überleben würden. Und wir haben überlebt.« Er sah Jessies Mutter direkt in die Augen, gelassen wie sonst irgendwas. »Jess dachte, das würde dir bestimmt gefallen. Stimmt's, Jess?«

Jessie war wie vom Donner gerührt. Jack war im Lügen so gut, wie sie es nie werden würde.

Ihre Mutter streckte ihr die Hände entgegen, die Augen voller Tränen. »Komm her, Jess«, sagte sie. »Ich will dich ganz fest knuddeln, so fest, wie du noch nie im Leben geknuddelt worden bist.«

Eingekuschelt auf dem Schoß ihrer Mutter, ließ Jessie das Geknuddeltwerden nur zu gern über sich ergehen. »Na so was«, sagte ihre Mutter und schniefte die Tränen hoch, »was sagst du zu deiner Tochter, Jimmy? Ist das nicht die großartigste Idee, die du je gehört hast? Und es ist nichts dagegen einzuwenden, oder? Es stimmt doch: Jack und Jess haben den

Schatz entdeckt, also gehört er ihnen auch. Und sie dürfen entscheiden, was damit geschehen soll.«

Aber Jessies Vater wirkte bei weitem nicht so glücklich. Wie immer, wenn er besorgt war, saß er da, die Hände wie zum Gebet gefaltet, Daumen unter dem Kinn, Fingerspitzen an der Nasenspitze. »Da bin ich mir nicht sicher«, murmelte er. »Da bin ich mir gar nicht sicher.«

»Na klar bist du dir nicht sicher«, sagte Jessies Mutter, und ihre Stimme klang dabei auf einmal wieder ganz schrill. »Und zwar, weil du, genau wie die ganzen anderen Idioten auf dieser Insel, ganz scharf bist auf diese dämliche, widerliche Goldmine.«

»Das ist nicht fair, und es stimmt auch gar nicht«, erwiderte Jessies Vater.

»Und warum dann?«

»Hör zu, wir müssen die Sache unbedingt gründlich überdenken. So einfach ist das alles nicht. Ich meine, erstens gehört einem etwas nicht, nur weil man es gefunden hat. Da gibt's Gesetze, die so was regeln. Und selbst wenn es einem gehört, müsste man es verkaufen, um das Geld dann unter den Leuten gerecht verteilen zu können. Wie soll man es sonst verteilen? Ich meine, wir wissen doch gar nicht, wie viel das alles hier wert ist, oder? Wir werden einen Experten brauchen, einen Gutachter, der die ganzen Sachen schätzt. Wer kann schon sagen, was zum Beispiel dieser Wasserkrug wert ist, im Vergleich zu der Halskette oder dem Becher da drüben?«

Niemand antwortete ihm, lange Zeit nicht.

»Der alte Mister Barney«, sagte Jessies Mutter plötzlich und ihre Augen leuchteten auf. »Als die Taucher letztes Jahr die Kanone gefunden haben, wisst ihr noch? Da haben sie Mister Barney zum Strand runter gerufen. Er konnte ihnen alles über das Ding sagen, Alter und alles. Na also, dann machen wir es genauso. Wir holen Mister Barney hierher, lassen ihn den Schatz anschauen und er sagt uns, wie viel jedes Stück wert ist. Er kann uns bestimmt alles sagen, was wir wissen wollen.«

Jessies Vater nahm die Hände vom Mund und nickte bedächtig. »Du setzt ja eine Menge Vertrauen in den alten Mann. Aber gut, ich gehe morgen zu Mister Barney und bringe ihn her – wenn er will. Ich bin mir allerdings nicht sicher, ob er das wirklich will. Er geht nicht mehr viel aus dem Haus, wenn es nicht unbedingt sein muss.«

»Erzähl ihm einfach, was wir hier haben, Jimmy«, sagte Jessies Mutter. »Und ich verspreche dir, dass er dann ruckzuck hier ist. Garantiert.«

In diesem Augenblick klopfte es laut und hartnäckig an der Haustür und Panda bellte sich die Lungen aus dem Leib.

»Ich bin's nur, Mrs Parsons!« Mrs Burke.

Noch nie hatten sie die Küche so schnell aufgeräumt. Während Panda ihnen ständig zwischen den Füßen herumwuselte, sammelten sie alle Teller und Becher und noch die letzte Halskette ein, schlugen die Truhe zu, schleiften sie in die Speisekammer und schlossen die Tür.

»Niemand zu Hause?« Mrs Burke klopfte wieder an, lauter diesmal.

Jack sah Jessie an und zupfte aufgeregt an seinem Ohrläppchen. Jessie brauchte zwei Sekunden, um zu merken, dass sie immer noch die Ohrringe trug. Hastig riss sie sie heraus und ließ sie in die Tasche ihres Morgenmantels gleiten. Jetzt waren alle bereit für Mrs Burke.

Als Jessies Mutter die Besucherin in die Küche führte, saßen die drei anderen am Tisch und Jack teilte Spielkarten aus. Panda kratzte winselnd an der Speisekammertür. Jessie schob ihn weg. »Dieser Hund ist so verfressen«, sagte sie zur Erklärung.

»Also!« Mrs Burke strahlte Jessie und Jack an. »Da sind ja unsere kleinen Berühmtheiten! Hubschrauber, Rettungsboote … was kommt wohl als Nächstes? Ich war den ganzen Tag auf der Hauptinsel – Direktorenkonferenz, wissen Sie – und hab hier die ganze Aufregung verpasst. Alle reden von nichts anderem mehr. Im Radio haben sie es auch gebracht. Ich musste einfach herkommen und mit eigenen Augen sehen, wie es euch geht.«

Jessie war außer sich vor Wut. Wie konnte Mrs Burke jetzt in Anwesenheit ihrer Eltern so ekelhaft lieb und besorgt tun, wo sie in der Schule doch so ein Drachen war?

»Sehr nett von Ihnen, Mrs Burke«, sagte Jessies Mutter und sah sich heimlich um, ob auch kein Stückchen von dem Schatz vergessen worden war. »Wie Sie sehen, geht es den beiden gut, nicht wahr, Kinder? Jessie ist ins Wasser gefallen und Jack hat sie rausgeholt. Hat ihr das Leben gerettet, ja. Und jetzt bringt er uns Siebzehnundvier bei, stimmt's, Jack? Heißt das Spiel nicht auch Blackjack?« Sie kicherte, aber es klang nervös.

Mrs Burke schlug entzückt die Hände zusammen. »O mein Gott, ein richtiger Held also«, rief sie aus. Und dann, ganz plötzlich, kräuselte sich ihr Gesicht zu einem verdatterten Stirnrunzeln. Sie zeigte auf die Tür zur Speisekammer. Alle wirbelten herum und schauten in die Richtung. Eine goldene Halskette baumelte von der Klinke, ein zartes Kunstwerk aus goldenen Kettengliedern und weißen Emailleblüten.

»Was für ein hübsches, hübsches Ding«, hauchte Mrs Burke. »Ist das Ihres?«

Jessies Mutter nickte.

»Aus reinem Gold, nicht wahr?«

»Schön wär's!«, stieß Jessies Mutter lachend hervor. »Natürlich nicht. Ich hab es bei meinem letzten Besuch in Galway gekauft. Kitschiges Teil, aber mir gefällt's.«

Bei diesen Worten verlor Mrs Burke schlagartig das Interesse an der Kette und drehte sich zu Jessies Vater um. »Was ich noch sagen wollte«, begann sie. »Es wird sicher ein paar Leute geben, die sich fragen, was die beiden Kinder da allein auf den Felsen wohl getan haben.« Ah, dachte Jessie, das klingt schon eher nach der Mrs Burke, die ich kenne und liebe. Und sie war begeistert zu sehen, dass ihre Eltern Mrs Burke tödliche Blicke zuwarfen.

Mrs Burke räusperte sich in der Stille, die auf ihre Worte gefolgt war. »Na ja, ich wollte nur mal vorbeischauen«, flötete sie. »Kommen die Kinder morgen zur Schule?«

»Ich denke schon«, antwortete Jessies Mutter und schob sie in Richtung Haustür. »Wenn sie sich bis dahin völlig erholt haben.«

Sie hörten, wie die Tür ins Schloss fiel. Jessies Mutter kam zurück ins Haus, lehnte sich gegen die Küchentür und machte die Augen zu. »Ich weiß, das sollte ich nicht sagen, wo sie doch Jessies Lehrerin ist und so, aber manchmal könnte ich diese Frau regelrecht erwürgen. So eine Tratschtante!«

Jessie ließ die goldene Halskette mit den weißen Emailleblüten durch ihre Finger gleiten. Dann hängte sie sich das Schmuckstück um den Hals. »Meint ihr, sie hat irgendwie Verdacht geschöpft?«

Jessies Mutter schüttelte lachend den Kopf. »Wohl kaum. Sie wird bestimmt alle Läden in Galway nach genau so einer Kette abklappern. Jetzt nimm das teure Stück wieder ab, bevor noch jemand reinkommt. Los, Jimmy, wir müssen den Schatz verstecken, und zwar schnell. Und ihr beiden packt euch schleunigst ins Bett.«

Obwohl sie so müde war, wollte Jessie nicht, dass der Tag zu Ende ging. Sie nahm die Ohrringe aus der Tasche des Morgenmantels, steckte sie sich an und setzte sich vor den Spiegel. Bei ihrem eigenen Anblick musste sie unwillkürlich lächeln. Zum ersten Mal in ihrem Leben fühlte sie sich wie eine Frau, genau wie ihre Mutter, wie Grania O'Malley. Die aufregenden Erlebnisse des Tages purzelten in ihrem Kopf durcheinander – das Angeln von den Felsen, der Sturz ins Meer, die Rettung, die Piraten, Grania O'Malley, der Schatz, der Hubschrauber, der Plan zur Rettung des Big Hill. Es war, als befinde sie sich mitten in einem verwirrenden, wunderbaren Traum. Und doch wusste sie, dass es kein Traum war, dass nur eine Tür weiter der Junge war, der ihr das Leben gerettet hatte. Er hatte ihr das Leben gerettet! Vor lauter Aufregung hatte sie das völlig vergessen. Sie hatte sich noch nicht einmal bei ihm bedankt.

Jessie wollte nicht, dass jemand sie hörte. Leise zu gehen war für sie noch nie besonders einfach gewesen, also kroch sie über den Flur und klopfte leise an Jacks Tür. »Jack?«, flüsterte sie. »Bist du noch wach?«

»Ich denke schon«, kam die Antwort.

Sie griff nach oben und öffnete die Tür. Das Licht war noch an. Jack saß aufrecht in seinem Bett, gegen die Kissen gestützt.

»Du kannst wohl auch nicht schlafen?«, sagte er, während sie auf die Beine kam. »Ich hab gerade an diese Schwertschwanzkrabbe denken müssen, die sie da hatte«, fuhr er fort. »Vielleicht ist sie damals vor vielen Jahren genau an meinem Strand auf Long Island an Land gegangen, vielleicht bin ich auf denselben Sand getreten wie sie damals. Das wäre doch unglaublich, oder?«

Jessie setzte sich ans Fußende seines Bettes.

»Eine Lehrerin von mir zu Hause, Mrs Cody, die hat's mit Geschichte, weißt du. Christoph Kolumbus, die Pilgerväter, Unabhängigkeitskrieg, Bürgerkrieg, so was alles. Sobald ich wieder zu Hause bin, werde ich ihr erzählen, dass sie sich geirrt hat, sie und alle anderen. Der erste Europäer, der in Nordamerika an Land gegangen ist – oder jedenfalls auf Long Island –, kam gar nicht aus Holland oder England oder so. Es war eine Irin, eine irische Piratin namens Grania O'Malley. Mrs Cody wird bestimmt ganz aus dem Häuschen sein – sie stammt selber aus Irland. Bin schon gespannt, was sie sagt. Aber wahrscheinlich glaubt sie mir überhaupt nicht. Wahrscheinlich wird sie denken, ich bin total übergeschnappt.«

»Aber wir sind nicht übergeschnappt, stimmt's?«, fragte Jessie. »Es ist doch alles wirklich passiert, oder?«

»Klar ist es passiert, Jess«, sagte Jack. »Aber man kommt schon auf komische Gedanken. Ich meine, wenn das alles wirklich passiert ist – dann kann doch auch sonst was passieren, oder? Vielleicht ist Dad gar nicht mehr krank, wenn ich wieder nach Hause komme, ob mit oder ohne meine Glückspfeilspitze. Es reicht nicht, wenn man nur hofft. Wahrscheinlich muss man richtig fest daran glauben.«

Jessie wusste nicht, was sie sagen sollte.

»Weißt du was, Jess?«, fuhr er fort. »Du hast echt Glück. Deine Mom und dein Dad – auch wenn sie manchmal streiten, weißt du, dass sie immer nur das sagen, was sie sagen müssen? Sie wollen sich nicht gegenseitig wehtun.«

»Meinst du?«, fragte Jessie.

Er schenkte ihr ein breites Lächeln. »Und wir haben sie richtig klasse angeschwindelt, was?«

»Bei Dad bin ich mir nicht so sicher, ob er es geschluckt hat«, sagte Jessie. »Ich glaube, er ahnt etwas, aber er weiß nichts Genaues. Und selbst wenn wir ihm die Wahrheit sagen würden, könnte er uns nicht glauben, stimmt's? Keiner würde uns glauben.«

»Was würde ich euch nicht glauben?« Die Tür stand offen und Jessies Vater kam ins Zimmer. »Was heckt ihr beiden schon wieder aus?«

»Nichts«, antwortete Jessie.

»Du hast ja immer noch die Ohrringe dran. Jetzt aber schnell raus damit, du kleine Piratin. Sie gehören in die Truhe, zu dem ganzen anderen Zeug. Am Ende willst du morgen noch damit in die Schule gehen, was?«

Jessie wollte protestieren, wollte ihm sagen, dass die Ohrringe wirklich ihr gehörten und nicht zum Rest des Schatzes, aber sie wusste, dass es keinen Sinn haben würde, jedenfalls nicht, wenn sie ihrem Vater nicht die ganze Geschichte erzählte. Und dafür hatten sie schon zu viele Lügen erzählt. Sie nahm die Ohrringe ab und ließ sie widerwillig in seine ausgestreckte Hand fallen.

»Wo wollt ihr die Truhe verstecken?«, fragte Jessie.

»Schätze muss man doch vergraben, oder nicht?«, erwiderte ihr Vater. »Deine Mum ist schon draußen. Wir wollen hinter dem Hühnerstall ein Loch graben. Keine Sorge, da ist der Schatz sicher. So, und jetzt ab ins Bett mit dir.«

Erst als Jessie wieder in ihrem Zimmer war und auf der Bettkante saß, fiel ihr ein, dass sie sich bei Jack wieder nicht für die Rettungsaktion bedankt hatte. Jetzt würde sie bis morgen damit warten müssen.

Es wurde eine lange Nacht und Jessie fand einfach keinen Schlaf. Ihr Körper wäre nur zu gerne davongedriftet, aber ihre Gedanken wollten einfach nicht loslassen. Immer noch konnte sie Grania O'Malleys Gesicht so deutlich vor sich sehen, als wäre sie mit im Zimmer. Und immer noch hingen die Zweifel, ob ihr Plan zur Rettung des Big Hill funktionieren würde, wie dunkle Wolken über ihr. Ihr Vater hatte Recht – um den Schatz gerecht zu verteilen, würden sie ihn verkaufen müssen. Aber was, wenn Mister Barney sagte, so viel sei er gar nicht wert? Und noch schlimmer: Was, wenn er sagte, sie dürften ihn nicht verkaufen, weil er ihnen gar nicht gehörte? Was dann? Was dann? Immer wieder sprach sie ihre Gebete – und das hatte sie schon sehr lange nicht mehr getan. Und gerade als sie wieder einmal dabei war, Gott anzuflehen, er möge dafür sorgen, dass alles gut ausging, schlief sie endlich ein.

Am nächsten Tag musste sie in der Schule ständig gähnen. Sie gähnte sogar, als Mrs Burke sie und Jack vor der versammelten Schülerschaft herausholte und Gott für ihre Rettung dankte. Alle schienen vergessen zu haben, dass sie nicht mehr mit ihr sprechen wollten, selbst Marion Murphy.

Auch als die anderen Kinder sie in der Pause umzingelten und mit endlosen Fragen zu ihrem Abenteuer bombardierten, musste Jessie gähnen, obwohl es sich gut anfühlte, beliebt zu sein. Sie war nicht so beliebt wie Jack, das wusste sie; aber der Big Hill wurde mit keinem Wort erwähnt. Auch den schienen sie alle vergessen zu haben.

Jessie aalte sich in der ungewohnten Aufmerksamkeit, aber ein Gähnen folgte dem anderen und sie konnte nichts dagegen tun. Selbst als die Leute von der Zeitung und von Radio und Fernsehen auftauchten und sie und Jack fragten, wie denn alles gewesen sei, und ihnen sagten, dass sie in die Kamera lächeln sollten, musste sie ein Gähnen unterdrücken. Eigentlich hätte alles ziemlich aufregend sein müssen, aber irgendwie war es das nicht. Das Einzige, worüber sie sich an diesem Tag freuen konnte, war das Geheimnis, das Jack und sie teilten, die wahre Geschichte, die Geschichte, die kein Mensch kannte und je erfahren würde – außer Grania O'Malley und ihrer Piratenmeute.

Erst auf dem Heimweg bekam sie endlich Gelegenheit, mit Jack allein zu sprechen. »Mrs Burke hat gesagt, wir kommen heute Abend im Fernsehen«, sagte sie.

Aber Jack schaute nicht besonders glücklich drein.

»Was ist denn los?«, fragte Jessie.

»Nicht viel. Nur dass Liam etwas gesagt hat.«

»Was?«

»Die Bagger. Sein Dad hat gesagt, sie kommen am Wochenende. Wir haben nicht mehr viel Zeit.«

»Ob Mister Barney schon bei uns war?«, fragte Jessie.

Als sie zu Hause ankamen, stand Jessies Mutter singend in der Küche, und das hatte Jessie schon sehr lange nicht mehr erlebt. »Wir kommen heute im Fernsehen«, erzählte Jessie.

»Ich weiß«, erwiderte ihre Mutter, drückte sie an sich und nahm ihr dann die Jacke ab. »Jeder weiß es. Hat auf der ganzen

Insel die Runde gemacht. Und morgen seid ihr auf dem Titelblatt der *Irish Times*. Den ganzen Tag haben hier Zeitungsleute angerufen und uns die Bude eingerannt.« Sie küsste die beiden Kinder. »Ich könnte euch regelrecht auffressen. Ich könnte euch auffressen, so stolz bin ich auf euch«, sagte sie.

»Mum ...« Jessie musste es ihr sagen. »Hast du schon gehört, dass die Bagger kommen?«

»Hab ich gehört«, antwortete ihre Mutter. »Aber wir sind noch nicht so weit. Ich hab nachgedacht, Jess. Ich hab den ganzen Tag nachgedacht. Es gibt vielleicht noch einen Weg, das alles hinzukriegen, einen schnelleren Weg, und dazu müssten wir den Schatz gar nicht verkaufen. Wir könnten die Truhe komplett zu Michael Murphy schaffen, auf der Stelle, und ihm ein Angebot machen, das er nicht ausschlagen kann. Wir könnten ihm den Big Hill abkaufen. Dann wäre es dein Berg, unser Berg. Wir könnten die Bagger stoppen. Ein Blick in die Truhe und Michael Murphy ist hin und weg, garantiert. Dein Vater meint, das wäre alles nur Wunschdenken. Aber er hat Unrecht. Ich weiß es. Was meint ihr?«

»Das könnte funktionieren!«, rief Jessie, die blitzschnell alles erfasst hatte. »Es könnte wirklich funktionieren.«

»War Mister Barney schon da?«, fragte Jack.

»Sitzt im Wohnzimmer«, erwiderte Jessies Mutter mit gesenkter Stimme. »Er ist schon seit über einer Stunde da.«

»Und, was sagt er?«, hakte Jessie nach.

»Nichts – noch nichts. Er schaut sich nur alles mit der

Lupe an und murmelt irgendwas vor sich hin. Geht ruhig rein. Ich bringe gleich Tee für uns alle.«

Mister Barney saß in dem großen Lehnsessel vor dem Kamin, die offene Truhe neben sich auf dem Boden. Als die Kinder hereinkamen, blickte er auf. Jessie hatte ihn schon lange nicht mehr so aus der Nähe gesehen. Er war nur Haut und Knochen und wirkte irgendwie verloren in seiner riesigen schmutzigen Jacke. Es fiel Jessie schwer, nicht auf die hervorquellenden Adern auf seinen Handrücken zu starren.

»Du bist Jessie, nicht wahr?«, sagte er. »Bist du nicht diejenige, die wie ein Jo-Jo den Big Hill rauf- und runterläuft?« Er winkte Jack näher zu sich heran und streckte ihm die Hand hin. »Und du musst der Junge aus Amerika sein.« Er musterte Jack von Kopf bis Fuß. »Was geben die dir da drüben bloß zu essen? Du solltest ein bisschen mehr Fleisch auf die Rippen kriegen. Siehst ja aus wie eine Giraffe. Du hast das ganze Zeug hier gefunden, nicht wahr, in Piper's Hole?«

»Wir beide haben es gefunden, Sir«, sagte Jack.

»Ist doch alles echt, oder, Mister Barney?«, fragte Jessie. »Echtes Gold? Der echte spanische Schatz?«

Mister Barney beugte sich nach vorn, nahm eine Dublone aus der Truhe und betrachtete sie durch sein Vergrößerungsglas. »Ich erzähl dir bald alles, was du wissen willst, Jessie. Dauert nicht mehr lange. Nur ein bisschen Geduld.« Er rieb sich die Hände und blies hinein. »Was kommt als Nächstes, Jimmy?«

Jessies Vater tauchte die Hand in die Truhe und brachte ein

goldenes Kreuz zum Vorschein, das mit dunkelgrünen Steinen besetzt war. Vorsichtig legte er es auf den Tisch, direkt vor Mister Barney, der es liebevoll aufhob und lange eindringlich begutachtete. Dann brummte er und legte es beiseite. »Das Nächste«, sagte er.

So ging es eine ganze Zeit lang weiter. Sie saßen voller Erwartung da, tranken Tee und beobachteten Mister Barney, ob er Anzeichen für Freude oder Enttäuschung an den Tag legte. Aber da war nichts. Als die Truhe schließlich leer war, lehnte er sich zurück und wischte sich mit seinem Taschentuch über die Augen. »Könnte ich bitte ein Glas Wasser haben, Cath?«, flüsterte er.

Jessies Mutter eilte in die Küche und brachte es ihm.

Langsam nippte der alte Mister Barney an dem Wasser. »Wunderbar«, sagte er. »Also dann: Ihr wollt jetzt sicher wissen, was ich davon halte.«

Er nahm noch einen Schluck, so langsam, dass es einen zur Verzweiflung treiben konnte. »Ich kann euch nur sagen, was ich mit Sicherheit weiß. Wollt ihr die gute oder die schlechte Nachricht zuerst hören?«

»Die gute«, sagte Jessie rasch.

Mister Barney lächelte sie an. »Bist ja genauso ein liebes Ding, wie deine Mutter in deinem Alter war.« Er wandte sich Jessies Mutter zu. »Kannst du dich an die ganzen Geschichten erinnern, die ich euch erzählt hab, als ihr noch kleine Kinder wart, Cath? Weißt du noch, wie ich euch mal von Grania O'Malleys Schatz erzählt hab? Tja, es gibt keinen Zweifel. Das ist er. Mein ganzes Leben hab ich danach gesucht. Die Sachen hier stammen von der *Santa Felicia*, dem großen Armada-Schiff, das 1588 bei Sturm vor Clare Island untergegangen ist. Sie hat mir gesagt, dass sie den Schatz versteckt hätte, aber sie hat mir nie verraten, wo, und ich hab mich nie getraut, sie danach zu fragen. Ich hab euch doch erzählt, dass ich ihrem Geist begegnet bin, nicht wahr?«

Er lächelte Jessies Mutter sanft an. »Ich wette, ihr dachtet, ich wäre plemplem, was? Oder betrunken. Na ja, ich kann euch keinen Vorwurf machen. Aber am Alkohol hat's nicht gelegen. Ich hab noch nie einen Tropfen von irgendwas getrunken, das kein Wasser war. Also, ich sag's euch noch mal: Ich bin ihrem Geist begegnet, das ist eine Tatsache, ganz einfach. Sie hat mir beigestanden, als ich einen Freund gebraucht hab, einen echten Freund. Und wisst ihr, was ein echter Freund ist? Jemand, der einem zuhört. Und erzählen konnte sie auch ziemlich gut. Ich sage euch: Das hier ist der Schatz von Grania O'Malley höchstpersönlich.«

»Aber ist er viel wert?«, fragte Jessie. »Wir müssen wissen, wie viel er wert ist.«

Mister Barney sah so aus, als wolle er ihr nicht antworten. Oder als habe er sie nicht richtig gehört.

»Mister Barney«, sagte Jessies Vater und sprach dabei jedes Wort betont deutlich aus. »Ich hab Ihnen ja erzählt, dass Jack und Jessie den Schatz gefunden haben. Er gehört ihnen. Sie wollen ihn unter allen Menschen auf der Insel verteilen, damit niemand mehr den Gipfel des Big Hill wegen des Goldes abzuschneiden braucht. Wir müssen ihn verkaufen, damit wir das Geld verteilen können.«

»Hab ich schon verstanden«, sagte Mister Barney, beugte sich vor und tätschelte Jessies Hand. »Ich weiß schon. Das ist ein schöner, nobler Gedanke, Jessie; und ich könnte euch von jedem Stück sagen, wie alt es ist, und wenn ich es gewogen hab, kann ich euch sogar den genauen Wert sagen. Aber ich fürchte, es würde euch nichts helfen – weder euch noch mir noch dem Big Hill da oben. Und glaub mir, ich wünsche mir nichts sehnlicher als diesen Berg zu retten. Der Schatz kommt zu spät, Jessie. Wenn ihr ihn schon vor ein paar Monaten gefunden hättet, dann hätten wir eine Chance gehabt. Aber deine Mutter hat mir erzählt, die Bagger können jeden Augenblick kommen und dann geht die Buddelei los.«

»Was wollen Sie damit sagen, Mister Barney?«, fragte Jessies Mutter.

»Ich will damit sagen, Cath«, erklärte Mister Barney, »es gibt auch eine schlechte Nachricht. Ihr könnt den Schatz nicht aufteilen, wie Jessie es sich gedacht hat. Und ihr könnt ihn auch nicht dazu verwenden, Mr Murphy den Berg abzukaufen, wie du vorgeschlagen hast, selbst wenn er ihn verkaufen würde. Da gibt's ein Gesetz, das dagegensteht. Wenn man einen Schatz wie diesen findet, oder überhaupt einen Schatz, dann muss man das der Polizei melden, den Behörden. Ich hab mich schon vor langer Zeit erkundigt, ich weiß Bescheid. Man muss es der Polizei sagen, und die sagen es dann den Behörden in Dublin, und dann kommt jemand von der

Regierung und nimmt den Schatz mit. Sie lassen es nicht zu, dass man so was behält. Dazu ist es zu wichtig. Es spielt keine Rolle, wer den Schatz gefunden hat – er gehört dem ganzen Land, dem Volk. Sobald sie davon erfahren – und das werden sie, schließlich kann man so was nicht geheim halten, stimmt's? –, kommen sie und nehmen euch den Schatz weg. Vielleicht zahlen sie euch später einen Ausgleich, aber für den Big Hill wäre das längst zu spät. Wie ihr seht, gehört euch der Schatz gar nicht, also könnt ihr ihn auch nicht aufteilen. Ich fürchte, wenn ihr den Big Hill wirklich retten wollt, dann müsst ihr euch was anderes einfallen lassen. Ihr müsst euch ein anderes Wunder suchen.«

Die Bagger rücken an

Mister Barney blieb bis spät in den Abend hinein, den Blick auf den um ihn herum verteilten Schatz gerichtet. Und während der ganzen Zeit legte er beim Erzählen kaum eine Pause ein. Es war, als versuche er all die Jahre der stillen Einsamkeit auszugleichen, die er in seiner Baracke auf dem Big Hill verbracht hatte.

Er brütete über dem Schatz wie jemand, der besessen ist – nicht vor Gier, sondern vor schierem Glück über die Entdeckung. Jedes Stück war für ihn ein Wunder. Immer wieder schwelgte er in der Tatsache, dass er nach so langen Jahren doch Recht gehabt hatte, was den verlorenen Schatz von Grania O'Malley anging.

»Ich sage euch«, sagte er, »es ist schrecklich schwer, an sich selbst zu glauben, wenn niemand anders an einen glaubt. Deswegen hab ich mich immer da oben auf dem Big Hill versteckt, wo ich die ganzen spöttischen Blicke nicht sehen musste. Ich lasse mich nicht gern auslachen. Und wisst ihr noch was? Ich kann mich erinnern, wie ich Grania O'Malley auf dem Big Hill begegnet bin. Als wäre es gestern gewesen, so klar und deutlich kann ich mich erinnern, aber in den letzten Jahren ist es immer schwammiger geworden in meinem Kopf, und langsam hab ich mich gefragt, ob ich mich nicht vielleicht doch nur an irgendwelche Phantastereien erinnere.«

Er fuhr mit den Händen langsam und liebevoll über den Goldteller auf seinem Schoß. »Aber jetzt weiß ich mit Sicherheit, dass ich ihr begegnet bin und dass sie mir die Wahrheit gesagt hat. Jetzt halte ich den Beweis dafür in den Händen, richtig?« Er wedelte mit einem knotigen Finger in Richtung der Kinder. »Mein Leben lang hab ich die Insel kreuz und quer nach diesem Schatz abgesucht und hab nichts gefunden außer ein bisschen lächerlichem Kleinkram. Und ihr beide geht nur mal angeln und findet ihn, ohne überhaupt danach gesucht zu haben!«

Er schüttelte lachend den Kopf. »Das Leben ist manchmal schon ein richtiger Schweinehund, aber das muss ich euch wohl nicht mehr sagen, stimmt's? Zum Beispiel die Sache mit dem Big Hill. Es ist nicht gerecht, was sie da tun werden, es ist nicht richtig. Sie schmeißen mich aus meinem Haus, nur weil ich ihren widerlichen Baggern im Weg bin. Sie werden die Spitze des Big Hill abschneiden. Das steht fest, niemand kann mehr etwas dagegen tun. Aber jetzt, wo ich den Schatz hier gesehen habe, ihn berührt habe, darf ich mich wohl nicht mehr beklagen.«

Er sah zu ihnen auf, die Augen voller Traurigkeit. »Ich habe versucht, ihnen klar zu machen, dass es nicht richtig ist, aber es wollte keiner zuhören. Sie sind alle zu jung dazu. Die ganze Welt ist zu jung. Vielleicht muss man erst alt werden, um zu verstehen, dass es nicht darauf ankommt, was morgen ist, sondern auf das, was in hundert Jahren sein wird – in hundert Jahren stecken eine Menge Morgen. Aber das Problem ist, man weiß es erst, wenn man sie gelebt hat. Ich hab sie gelebt.«

Jessie versuchte zuzuhören, aber sie war so müde und es gab so vieles andere, an das sie denken musste. Sie saß auf dem Teppich, das Kinn auf das Knie ihrer Mutter aufgestützt. Ab und zu fing sie einen Blick von Jack auf und wusste, dass er sich dasselbe fragte wie sie. Ist Grania O'Malley hier, hier bei uns im Zimmer? Hat sie gehört, was wir gehört haben, dass ihr Plan zur Rettung des Big Hill nicht funktionieren wird? Was wird sie jetzt tun? Was sollen wir jetzt tun?

»Was wollt ihr jetzt tun?«, kam Mister Barneys Frage wie ein Echo ihrer Gedanken.

»Ich weiß es nicht«, antwortete Jessies Vater. »Ich finde, wir sollten alles erst mal überschlafen. Und am besten sagen wir noch niemandem etwas davon, Mister Barney – von dem Schatz, meine ich.«

»Wem sollte ich auch davon erzählen, da oben in meiner Baracke?«, erwiderte Mister Barney. »Aber meinen Hühnern kann ich davon erzählen, oder? Ich muss es einfach jemandem sagen, sonst platze ich.«

»Die Hühner gehen schon in Ordnung«, sagte Jessies Mutter. Bevor er ging, schlang Mister Barney die Arme um Jessies Mutter und drückte sie an sich. »Tut mir Leid, Cath, tut mir so Leid«, sagte er. »Aber vielleicht gibt es doch noch eine Möglichkeit, sie aufzuhalten. Es muss doch eine geben.«

»Das hoffe ich«, erwiderte Jessies Mutter. Aber Jessie

konnte an ihrer Stimme hören, dass sie keinen Funken Hoffnung mehr hatte. Jessie ging es genauso.

Während ihr Vater Mister Barney nach Hause brachte, legten sie zu dritt den Schatz zurück in die Truhe. Jessie hätte gern ihre Ohrringe gerettet, aber mit ihrer Mutter in der Nähe hatte sie keine Gelegenheit dazu. Auf einem Schubkarren transportierten sie die Truhe über den Hof und versenkten sie wieder in dem Loch hinter dem Hühnerstall. Es war wie ein Begräbnis, und auf einmal brach Jessies Mutter in Tränen aus und rannte zurück ins Haus. Jessie überlegte, ob sie ihr nachgehen sollte, entschied dann aber, dass ihre Mutter wahrscheinlich lieber allein sein wollte. Es war eine ruhige Nacht, mit einem Himmel voller Sterne, und der Mond kletterte durch die Wolken auf den Big Hill hinauf.

Ohne Vorwarnung schrie Jack plötzlich in die Nacht hinaus: »Grania O'Malley, du bist doch irgendwo da oben, stimmt's? Wir haben hier unten ein Problem. Der Schatz hilft uns nicht weiter. Die Bagger werden anrücken und wir können den Schatz nicht so aufteilen, wie du es wolltest. Wenn dir nichts anderes einfällt, was richtig Durchschlagendes, werden wir den Big Hill verlieren. Ich schätze mal, du hast uns zugeschaut, also weißt du selber, wie schlimm es steht. Willst du uns nun helfen oder was?«

Leise atmete das Meer in der Ferne und die Eule in der alten Abtei stieß einen einzelnen Schrei aus. Die Hühner rutschten auf ihrer Sitzstange im Hühnerstall hin und her. Aber Grania O'Malley gab keine Antwort.

Später saßen sie alle im Schlafanzug um den Küchentisch herum und schlürften heiße Schokolade, alle außer Jack, der wie üblich seine Cola trank.

»Wisst ihr, was wir vergessen haben?«, sagte Jessies Vater. »Ist mir gerade eingefallen. Ihr solltet doch im Fernsehen kommen. Mal schauen, ob es schon zu spät ist.«

Er streckte die Hand aus und schaltete den Fernseher ein. Es lief gerade ein Werbespot. Dutzende von riesigen gelben Baggern arbeiteten in einem staubigen Steinbruch. Als eine Alarmsirene losdröhnte, verließen alle hastig den Steinbruch – alle bis auf einen. Der Fahrer biss in einen Schokoriegel. Er schien die Sirene nicht gehört zu haben – oder es war ihm egal. Über seinem Kopf gab es eine mächtige Explosion. Er kümmerte sich nicht darum, sondern kaute weiter. Die Steinlawine donnerte auf ihn zu und hielt dann auf einmal wie durch Zauberhand inne. Er sah hoch, lächelte, wich gemächlich zur Seite aus, kaute und lächelte wieder selbstgefällig. Sobald er aus dem Weg war, polterte die Steinlawine an ihm vorbei ins Tal und verfehlte ihn dabei nur um Haaresbreite. Niemand wagte Jessies Mutter anzuschauen. Dann wurden die Lokalnachrichten angekündigt. Ein albern lächelndes Gesicht erschien auf dem Bildschirm.

»Guten Abend. Auf Clare Island hat sich gestern ein Drama ereignet. Hubschrauber und das Westport-Rettungsboot mussten gemeinsam ausrücken, um nach zwei vermissten Kindern zu fahnden. Die zehnjährige Jessie Parsons, die an einer Nervenlähmung leidet, war mit ihrem Cousin zum Angeln auf die Klippen geklettert ...« Das Geplapper des Reporters ging weiter, während Luftaufnahmen von Clare Island gezeigt wurden. »... beide sind nach ihrem Abenteuer gesund und wohlauf. Und so kann ganz Clare Island dem Abend mit einem glücklichen Lächeln entgegensehen.«

Und da waren sie auf einmal im Fernsehen, sie beide, vor der Schule, Jessie neben Jack herstolpernd. Jessie sprang auf und schaltete den Fernseher aus. »Ich *bin* aber nicht glücklich«, stieß sie hervor. »Und wieso müssen sie unbedingt allen von meiner Lähmung erzählen? Wieso?«

Sie stürmte nach oben, warf sich aufs Bett und schlug so lange auf das Kissen ein, bis die Tränen endlich versiegten. Sie spürte, wie neben ihr die Matratze eingedrückt wurde, und dann leckte ihr eine warme Zunge übers Ohr. Panda hechelte ihr ins Gesicht, seine Zunge hing ihm zuckend und triefend aus dem Maul.

Kurz darauf kam auch Jessies Mutter herein. Jessie hatte schon gehofft, dass sie kommen würde. »Du und ich«, sagte ihre Mutter, »wir zwei Häuflein Elend geben schon ein hübsches Pärchen ab, was?«

Dem konnte Jessie nicht widersprechen.

»Es kann doch nur besser werden, stimmt's?«, fügte ihre Mutter hinzu.

Es wurde nicht besser. Nach dem Morgengebet spielte Mrs Burke vor der ganzen Schule das Video mit den Lokalnachrichten des vergangenen Abends ab. Jessie sah gar nicht hin.

Sie versuchte eine möglichst gute Miene zum bösen Spiel zu machen, während alle anderen immer wieder auf den Bildschirm zeigten und vor Entzücken kreischten, wenn sie jemanden oder etwas erkannten. Jessie verbrachte den größten Teil des Tages damit, aus dem Klassenzimmerfenster zu starren. Sie hoffte und glaubte, Grania O'Malley würde aus dem Nichts auftauchen, das altbekannte Lächeln im Gesicht, das Lächeln, das Jessie versicherte, dass am Ende alles gut würde, dass sie irgendwie eine neue Möglichkeit gefunden hatte, den Big Hill zu retten. Aber auf Hoffen und Glauben folgten schnell die Zweifel und auf die Zweifel die Verzweiflung.

In der Nachmittagspause setzte sie sich von den anderen ab, auch von Jack, der wie ein Held von jüngeren Schülern umringt und um Autogramme angebettelt wurde. Sie verkroch sich in eine dunkle Ecke auf der Rückseite des Gebäudes, in dem die Schulküche untergebracht war. Dort setzte sie sich auf eine Mülltonne und wartete darauf, dass Grania O'Malley kam oder zumindest ihre Stimme erklang, irgendwas. Als sie einfach nicht kam, begann Jessie ihren Namen zu rufen, ganz leise, damit ihre Stimme nicht bis zum Pausenhof zu hören war. So saß sie also auf der Mülltonne und rief nach Grania O'Malley, als sie auf einmal herumwirbelte und Marion Murphys starren Blick auf sich gerichtet sah.

»Mit wem redest du da?«, fragte Marion.

»Mit niemandem.«

»Doch, du hast mit jemandem geredet.«

»Hab ich nicht.« Inzwischen standen noch mehr Kinder um sie herum, mindestens ein halbes Dutzend.

»Wie auch immer.« Marion schürzte unheilvoll die Oberlippe, und Jessie wusste, dass da noch was Schlimmeres kommen würde. »Weißt du, wo wir hingehen? Wir wollen nach der Schule zum Kai runter. Kommst du mit?«

»Wozu?«

»Die Bagger kommen, dazu. Du wolltest dich doch vor ihnen auf den Boden werfen, schon vergessen?« Langsam bildeten sie einen Kreis um Jessie herum. Es gab kein Entrinnen. Sie konnte nirgendwohin laufen. »Und?«, keuchte Marion und reckte ihr Gesicht ganz nah vor Jessies. »Was ist jetzt?«

Jessie starrte zurück und hoffte, niemand würde die Tränen bemerken, die ihr in die Augen stiegen. Plötzlich taumelte Marion rückwärts und plumpste zu Boden, wobei sie die anderen mit sich riss, wie Kegel. »Du hast mich gestoßen!«, schrie sie Jessie an. »Sie hat mich gestoßen. Die blöde kleine Kuh hat mich gestoßen!«

Jessie saß auf ihrer Mülltonne und lachte aus voller Kehle. Sie konnte nicht anders. Der Anblick der Kinder, wie sie da übereinander am Boden lagen, den Mund vor Erstaunen weit aufgerissen, war einfach zu komisch. Herrlich!

Jessie wusste natürlich sofort, wer Marion gestoßen hatte und was das bedeutete. Grania O'Malley war da, sie oder einer ihrer Piraten, das spielte keine Rolle. Auf jeden Fall gab es für Jessie nun keinen Zweifel mehr, dass sie sie gehört hatten. Sie wussten, was mit dem Schatz passiert war. Und wenn sie das wussten, dann wussten sie auch, dass die Bagger anrückten. Sie würden sie irgendwie aufhalten, irgendwie würden sie es doch noch schaffen, den Big Hill zu retten.

Jack tauchte auf einmal auf, Liam auf den Fersen.

Marion hielt ihren Ellbogen umklammert und schrie Jack anklagend ins Gesicht: »Sie hat mich gestoßen! Sie hat mich gestoßen! Das sag ich Mrs Burke.«

»Sie hat euch alle auf einmal umgestoßen?«, fragte Jack.

Jessie lächelte ihn von ihrer Mülltonne herunter an und das reichte ihm zu verstehen, was wirklich passiert war.

Marion rappelte sich mühsam auf. »So. Du willst es ja nicht anders, Jessie Parsons. Jetzt bist du erledigt. Wenn die Bagger dich nicht platt machen, dann ich. Du willst es ja nicht anders!« Als sie wegrannte, folgten ihr die anderen, und in ihrer Körperhaltung lag glühender Hass und das Versprechen auf entsetzliche Vergeltungsschläge.

Aber das war Jessie mittlerweile egal. Sie wusste, dass Grania O'Malley da war und sie beschützen würde, was auch kommen mochte. Sie musste keine Angst mehr haben.

Als die Schulglocke läutete, standen Liam und seine Freunde immer noch da und starrten Jessie mit offenem Mund ungläubig an. Sie lächelte!

»Die Pause ist zu Ende«, sagte sie lässig und glitt von der Mülltonne herunter. »Ich sollte lieber nicht zu spät kommen.« Mit einem triumphierenden Lächeln stolperte sie an ihnen vorbei.

Als sie nach der Schule nach Hause kamen, war niemand zu sehen, nicht einmal Panda. Sie waren gerade dabei, die Erdnussbutter zu suchen, als sie auf einmal Clatterbang die Zufahrt heraufkommen hörten. Panda fetzte neben dem Auto her und schnappte nach den Reifen.

Jessie ging zur Tür. »Wo ist die Erdnussbutter?«, rief sie hinaus.

Ihre Eltern hatten sich gerade über das Wagendach hinweg mit ernster Miene unterhalten. Nun hielten sie inne und starrten Jessie an. Es gab schlechte Neuigkeiten, das wusste Jessie sofort – und sie wusste auch, dass weder ihr Vater noch ihre Mutter sie ihr erzählen wollten.

»Wir haben nur mal schnell oben bei Mister Barney vorbeigeschaut«, sagte Jessies Vater.

»Ist er krank?«, fragte Jessie. Jack hatte sich mittlerweile neben sie gestellt.

»Nein, es geht ihm gut.« Ihr Vater schlug die Autotür zu und kam um Clatterbang herum und die Zufahrt hoch. »Es geht ihm gut. Aber er war der Einzige, der von dem Schatz gewusst hat – außer uns vieren natürlich, wenn er auch nicht wissen konnte, wo wir ihn versteckt hatten.«

Die Kinder sahen einander verwirrt an.

»Er ist weg«, sagte Jessies Mutter. »Der Schatz ist verschwunden.«

Jack rannte quer über den Hof zum Hühnerstall und Jessie folgte ihm, so schnell sie konnte. Sie fand ihn in ein leeres Loch hinunterstarrend.

»Ich verstehe es einfach nicht«, sagte Jessies Mutter. »Ich dachte, vielleicht hat einer von uns Mister Barney gegenüber erwähnt, wo wir ihn versteckt hatten, aber das stimmt nicht. Er hatte keine Ahnung. Aber wir mussten ihn fragen, für alle Fälle.«

»Ich hab's dir doch gesagt, Cath«, erwiderte Jessies Vater. »Jemand muss gesehen haben, wie wir ihn gestern Abend vergraben haben.«

»Aber es war doch stockdunkel.« Jessies Mutter war den Tränen nahe. »Wieso versuchst du mir ständig die Schuld in die Schuhe zu schieben?«

Die Kinder sagten kein Wort. Sie wussten nur zu gut, wer sich den Schatz geholt hatte.

»Ich will dir nicht die Schuld in die Schuhe schieben«, widersprach Jessies Vater. »Aber der Schatz ist nun mal weg, oder nicht? Wir waren es nicht. Und der alte Mister Barney war es sicher auch nicht. Ich hab dir doch gesagt, es hat keinen Sinn, zu ihm raufzufahren. Wie hätte er die schwere Truhe allein transportieren sollen? Nein, es gibt nur eine Erklärung: Jemand muss gesehen haben, wie wir den Schatz aus der Höhle ins Boot geschleppt haben, und dann haben sie uns die ganze Zeit beobachtet, auch später, als wir ihn vergraben haben. Aber wer? Wer nur?«

Jessie wollte nicht zu Jack hinübersehen, aber sie konnte nicht anders. Der winzige Hauch eines Lächelns huschte über ihr Gesicht, doch ihr Vater bemerkte es trotzdem. »Sehr traurig scheinst du nicht gerade zu sein, Jess«, sagte er.

Jessie zuckte mit den Schultern. »Klar bin ich traurig, aber was sollen wir schon machen? Wenn er weg ist, ist er eben weg. Außerdem nützt er uns doch sowieso nichts mehr, oder? Jack und ich, wir wollten den Schatz nur haben, um den Big Hill zu retten.« Sie wandte sich an ihre Mutter. »Die Bagger sind da, Mum. Hat Marion Murphy gesagt.«

»Ich weiß«, erwiderte ihre Mutter leise. »Ich weiß.«

»Vier Stück sind's«, fügte ihr Vater hinzu. »Stehen unten am Kai. Am Montag fangen sie an zu arbeiten.«

Jessies Mutter marschierte von ihnen weg, auf das Haus zu. »Wisst ihr«, sagte sie dabei, »langsam gibt mir das alles irgendwie zu denken. Langsam komme ich wirklich ins Grübeln. Als wir klein waren und Mister Barney uns erzählt hat, dass er Grania O'Malleys Geist begegnet sei, haben wir ihm nicht geglaubt. Er hat sein ganzes Leben lang nach dem Schatz gesucht und wir haben ihn nur ausgelacht. Und dann taucht Grania O'Malleys Schatz plötzlich auf, einfach so, aus dem Nichts.«

»Und?« Jessies Vater folgte ihr in die Küche.

»Aber verstehst du denn nicht? Wenn er über den Schatz die Wahrheit gesagt hat, und so sieht es doch aus, dann folgt daraus, dass auch die Sache mit dem Geist stimmen muss. Und was hat er heute zu uns gesagt, als wir ihm von dem leeren Versteck erzählt haben? Grania O'Malley hat sich den Schatz zurückgeholt, hat er gesagt, weil sie weiß, dass er uns nichts mehr nützen kann. Also, wenn das stimmt – und gehen wir mal davon aus, dass es stimmt –, dann passt alles zusammen, verstehst du? Auf einmal fügt sich das Ganze zu einem Bild zusammen. Die Kinder *sollten* den Schatz wohl finden und der Schatz *sollte* den Big Hill retten. Das Ganze war Grania O'Malleys Idee. Verstehst du, was ich damit sagen will, Jimmy?«

Sie waren jetzt alle in der Küche und Jessies Mutter drehte sich zu ihrem Mann um. »Ich weiß, es hört sich verrückt an, ist mir auch klar. Aber irgendwie klingt es doch auch logisch, was Mister Barney gesagt hat, oder nicht? Also, ich lache Mister Barney jedenfalls nicht mehr aus, nie mehr. Und da ist noch etwas, was du nicht bedacht hast: Auf dieser Insel ist, solange ich lebe, noch nie etwas gestohlen worden. Manchmal verirrt sich ein dummes Schaf und geht verloren, aber das war's dann auch schon. Wir sperren nie die Haustür ab. Und wir lassen den Autoschlüssel immer stecken, hab ich Recht? Und, ist schon mal etwas weggekommen? Denk mal darüber nach. Ich hab den Schatz nicht ausgegraben. Du nicht, die Kinder nicht und Panda auch nicht. Wenn Mister Barney sagt, Grania O'Malley hätte ihn ausgegraben, dann – weißt du was? – glaube ich ihm. Und wenn das bedeutet, dass ich völlig verrückt bin, dann bin ich's eben.« Damit zog sie eine Schublade auf und holte das Brotmesser heraus. »Ich mach dir deine Sandwiches, Jack. Jess, könntest du bitte deinem Vater helfen, das Loch wieder zuzuschaufeln, bevor noch eins von den Hühnern reinfällt und sich was bricht?«

Es war ein Wochenende, an dem die Zeit stehen geblieben zu sein schien. Eine merkwürdige Stille lag über der Insel, nur ein schwacher Windhauch wehte vom Meer herein. Nicht einmal die Eule schrie nachts mehr von der Abtei herab. Am Sonnabendvormittag badeten sie die Schafe in desinfizierender Lösung, und Jessies Mutter sprach während der ganzen Zeit kein Wort und sah kaum auf.

Als sie fertig waren, sagte Jack, er würde zum Kai hinuntergehen. Er wollte die Bagger mit eigenen Augen sehen, sagte er, außerdem lag der Kai auf dem Weg zum Spielplatz, wo Liam und Marion und die anderen zu einem Baseballspiel auf ihn warteten. Für Jessie würde es zu weit zum Laufen sein, vor allem, weil sie sich beeilen mussten.

»Du kannst mich doch in der Schubkarre hinbringen«, sagte Jessie. Die Vorstellung, zu Hause zu bleiben, gefiel ihr überhaupt nicht.

Jack hatte nichts dagegen einzuwenden. Er packte ein bisschen Stroh in die quietschende Schubkarre, und kurz darauf waren sie unterwegs, mit Mole und Panda auf den Fersen.

Als sie am Kai ankamen, war schon eine riesige Menschenmenge um die Bagger versammelt. Die ganze Insel schien da zu sein: Pater Gerald, Mrs Burke, Miss Jefferson, Michael Murphy und Dutzende anderer Leute, die Jessie überhaupt nicht kannte. Aus dem Pub ergoss sich die Meute bis auf die Straße.

Jack und Jessie ließen die Schubkarre stehen und kämpften sich durch die Menge, bis sie ehrfürchtig staunend vor den aufragenden Riesenmaschinen standen. Allein die Reifen waren schon so groß wie Jack mit hochgestreckten Armen. Auf jeder Seite der gelb lackierten Ungetüme prangte mit fetten schwarzen Buchstaben ein einziges Wort: *Steinbeißer.* Jessie sah in ihnen sofort lebende Wesen, enorme Monster, die in der Sonne schliefen, aber nur vorübergehend. Sobald sie einmal aufwachten, würden sie auf Jessies Insel wüten und den Big Hill verschlucken.

Ein Mann in einem orangefarbenen Overall hob Marion Murphy auf einen der Bagger. Etwa ein Dutzend weiterer Männer trugen die gleichen Overalls. Das mussten die Baggerfahrer sein, reimte sich Jessie zusammen, oder vielleicht die Mechaniker. Sie schwenkten Bierkrüge und drehten sich Zigaretten, während sie sich gegen ihre Bagger lümmelten. Großkotze, dachte Jessie, lauter Großkotze, einer wie der andere. Aber die Inselbewohner wuselten mit unverhohlener Bewunderung um sie und ihre Maschinen herum.

Marion war mittlerweile auf die Baggerschaufel geklettert und posierte dort mit triumphierender Miene und hochgereckten Armen, während ihr Vater ein Foto nach dem anderen von ihr schoss.

Jessie starrte hartnäckig zu ihr hoch, bis sie endlich Marions Blick auffing. Ich würde einiges darum geben, dachte Jessie, wenn Grania O'Malley sie von dem Bagger runterschubsen würde. *Ich hasse dich, Marion Murphy.* Jessie versuchte es mit den Augen zu sagen, und am Ende gelang es ihr offenbar, denn Marion sah weg und warf sich wieder in

Pose, nervöser diesmal, mit einem unsicheren Lächeln im Gesicht.

»Lass uns gehen, Jack«, sagte Jessie. »Ich hab genug gesehen.«

Aber Jack war nicht da.

Sie machte sich auf die Suche nach ihm und entdeckte ihn schließlich hinter einem der Bagger, neben einem der orange gekleideten Männer, der ihm gerade den Motor zeigte. Sie zupfte an seiner Jacke, aber er schien weder zu verstehen, wie dringend sie wegwollte, noch wie ärgerlich sie langsam wurde.

»Schau mal, Jess! Der Mann sagt, die Dinger sind so ziemlich die mächtigsten Erdbewegungs-Maschinen, die es auf der Welt gibt. Wahnsinns-Motor. Dagegen sieht unser VW zu Hause wie ein Dreirad aus. Was haben Sie gesagt, wie viele PS er hat, Sir?«

»Über fünfhundert«, antwortete der Fahrer und wischte sich die Hände an einem ölverschmierten Tuch ab. Er hatte rotbraune Haare, wie Jessie bemerkte, ein Rotbraun, das beinahe zu seinem Overall passte. »Allradantrieb, Einspritzmotor, Dreißigtonner. Was auch immer man damit machen will – das Ding schafft's. Kann regelrecht Berge versetzen.« Er brach in schallendes Gelächter aus.

Jack fiel in das Lachen mit ein und stellte ihm noch mehr Fragen zum Motor.

Jessie hatte endgültig die Nase voll. Mit einem finsteren Blick in Richtung Jack wirbelte sie herum und stapfte davon. Später, als Jack sie in der Schubkarre zum Spielplatz schob, war Jessie immer noch mächtig sauer wegen Jacks scheinbarem Verrat. Er hatte sich mit dem Feind verbrüdert, und das nahm sie ihm übel.

Es war ein langer, schweigsamer Marsch.

»Hast du irgendwas?«, fragte Jack schließlich.

»Kannst du eigentlich überhaupt mal an was anderes denken als an Motoren?«, stieß Jessie hervor.

»Hey, ich hab mich doch nur mit dem Kerl unterhalten. Wieso bist du so sauer auf mich?«

»Wenn du das nicht selber weißt, brauche ich's dir auch nicht zu sagen.« Damit verfielen sie wieder in ein brütendes Schweigen, das so lange dauerte, bis sie den Spielplatz erreichten.

Liam und die anderen trainierten bereits. Wie üblich waren Liam und Jack Mannschaftskapitäne und suchten sich ihre Leute zusammen; und wie üblich schaffte es Marion Murphy, sich von Jack in die Mannschaft wählen zu lassen. Jessie stapfte allein davon und setzte sich unter ihren Baum. Das war das erste Mal, dass sie mit Jack richtig Streit hatte, aber daran war er ganz allein schuld, und sie würde nicht nachgeben, nie im Leben.

Sie konnte ihm ansehen, dass er auch sauer war. Jack legte sich beim Spielen mächtig ins Zeug und warf den Ball, als wolle er ihn um den ganzen Erdball herumschleudern. Da konnte keiner mithalten. Sie duckten sich und wichen aus und protestierten, aber Jack warf mit unverminderter Kraft weiter. Kaum einer schaffte es, den Ball zu schlagen. Und als er als Schlagmann an der Reihe war, katapultierte er den Ball sofort über den Zaun auf den dahinter liegenden Kartoffelacker. Er schaffte sechs *Homeruns*, bevor sie den Ball fanden; und als sie zu ihm sagten, das sei nicht fair, erwiderte er, er würde die Spielregeln besser kennen als sie.

Nach Ende des Spiels sah Jessie ihm an, dass er immer noch wütend war. »Kommst du jetzt, oder was?«, stieß er in ihre Richtung hervor. Auf dem ganzen Nachhauseweg kauerte sie schmollend mit dem Rücken zu ihm in der Schubkarre, die Arme vor der Brust verschränkt.

Am Abend wurde es noch schlimmer. Nach dem Essen saß Jessies Mutter nur da und starrte ins Leere. Jessie setzte sich auf ihren Schoß, um sie zu trösten und getröstet zu werden. Jack rief zu Hause an und verzog sich dann ins Bett, ohne jemandem gute Nacht zu sagen.

»Hat Jack irgendwas?«, fragte Jessies Vater.

»Er schmollt bloß«, sagte Jessie.

»*Er* schmollt!« Ihr Vater rang sich ein Lächeln ab.

»Nur noch ein Tag, bis sie anfangen«, sagte Jessies Mutter, als würde sie zu sich selbst sprechen. »Nur noch ein Tag bleibt dem Big Hill.« Sie sah zu Jessies Vater hoch. »Weißt du, irgendwie hab ich immer gedacht, es würde noch etwas passieren, das die Sache verhindert. Am Anfang dachte ich, ich könnte es schaffen, indem ich mit den Leuten rede, es ihnen erkläre, sie überzeuge. Aber ich hab's nicht geschafft. Dann hab ich gedacht, die Leute in Dublin müssten mehr Verstand haben. Hatten sie nicht. Aber selbst da hatte ich noch Hoffnung. Ich weiß nicht, wieso, aber ich dachte immer noch, ich könnte die ganze Sache aufhalten. Und dann, als die Kinder mit dem Schatz ankamen, war ich mir sicher, dass wir gewinnen würden, dass der Big Hill verschont werden würde. Wieder hab ich umsonst gehofft. Und jetzt klammere ich mich an jeden Strohhalm, sogar an Mister Barneys Geistergeschichte. Ich weiß, dass das dumm ist, Jimmy, ich weiß, dass es Quatsch ist. Aber mir bleibt sonst nichts mehr, höchstens beten. Und wie ich morgen in der Messe beten werde! Ich werde so beten wie noch nie in meinem Leben.«

»Ich werde mitbeten«, sagte Jessies Vater.

»Du gehst doch gar nicht mit in die Kirche«, gab sie beißend zurück.

»Aber deswegen kann ich doch trotzdem beten, oder nicht?«, beharrte er. »Und an Gebete glaube ich wesentlich stärker als an Geister, das steht fest.« Nach einer Weile fuhr er fort: »Überall, wo ich heute hingekommen bin, hab ich mir die Leute angeschaut und gedacht: Warst du das? Hast du den Schatz gestohlen? Sogar bei Pater Gerald, ehrlich. Ich sage dir, einer von ihnen muss ihn gestohlen haben.«

In dieser Nacht lag Jessie in ihrem Bett und hörte zu, wie Jack im Zimmer nebenan schnarchte. Mit jedem Schnarcher wurde sie noch wütender. Kein Wort würde sie mehr mit Jack reden, beschloss sie, egal wie lange er noch auf der Insel blieb. Hatte er nicht mit dem Baggerfahrer gelacht, auch über dessen Spruch, dass der Bagger Berge versetzen konnte? Doch, hatte er! Jessie war fuchsteufelswild und sie fühlte sich einsam.

Am liebsten wäre sie zu ihren Eltern ins Bett gekrabbelt, hätte sich an sie geschmiegt und ihnen die ganze Geschichte über Grania O'Malley erzählt. Sie hätte ihrer Mutter gern erzählt, dass sie sich keine Sorgen machen sollte, dass Grania O'Malley auf keinen Fall tatenlos zusehen würde, wie die Bagger den Big Hill kaputtmachten. Aber sie brachte es einfach nicht über sich. Selbst wenn ihre Mutter ihr glaubte – und das würde sie jetzt wahrscheinlich –, ihr Vater glaubte ihr bestimmt nicht.

Und was, wenn sie alles erzählte und Grania O'Malley dann doch nicht auftauchte, um den Big Hill zu retten? Was dann? Wie würde Jessie dann dastehen? Nein, es war besser, abzuwarten, wie sich die Dinge entwickelten.

Im Zimmer nebenan hatte das Schnarchen aufgehört. Jessie hörte, wie Jacks Bett quietschte und seine Tür aufging. Dann Füßetrippeln draußen auf dem Flur. »Jess?«, flüsterte er durch die Tür. Ihr verletzter Stolz ließ es nicht zu, dass sie antwortete. Sie tat so, als habe sie nichts gehört.

»Jess?« Die Schritte entfernten sich wieder über den Flur, dann war Stille.

Jessie bereute es sofort, dass sie nicht geantwortet hatte, aber nun war es zu spät. Sie sah durch das Fenster, wie der Vollmond auf der Spitze des Big Hill aufgespießt war, zu hell, als dass sie richtig hätte hinsehen können. Außerdem, dachte sie, darf man den Mond überhaupt nicht durch eine Glasscheibe anschauen. Davon wird man verrückt. Sie schloss die Augen. »Grania O'Malley, sprich mit mir, bitte«, wisperte sie. »Bitte, bitte. Gib mir ein Zeichen, dass du da bist.«

Barry kam in seinem Goldfischglas platschend an die Wasseroberfläche. Jessie sprach ihre Gebete, die Augen ganz fest zugekniffen. »Du musst sie aufhalten, lieber Gott. Du musst den Big Hill retten. Bitte.«

Sie betete weiter, bis der Schlaf sie übermannte.

Als Jessie am nächsten Morgen spät zum Frühstück nach unten ging, war Jack nicht da. Ihr Vater sagte, er sei wieder beim Baseballspielen mit Liam.

Jessie saß während der Sonntagsmesse ganz still, konnte sich aber nicht auf die Predigt konzentrieren. Entweder dachte sie an Jacks Verrat oder sie beobachtete die Schwalbe, die hoch droben unter der Kirchendecke herumflatterte. Immer wieder schoss sie über die Köpfe der versammelten Gemeindemitglieder hinweg oder segelte zu den Dachbalken am Eingang hinüber, auf der Suche nach einem Fluchtweg, den sie dann doch nicht fand.

Jessies Mutter hatte die Stirn auf die gefalteten Hände gestützt, ihre Fingerknöchel waren ganz weiß vor Anstrengung.

Jessie betete zu Jesus und Grania O'Malley gleichermaßen. Sie fühlte sich ein bisschen schuldig, weil sie das in der Kirche tat, aber dann dachte sie, Jesus würde es ihr schon nicht übel nehmen und ihr dieses eine Mal verzeihen. Wie sagte Pater Gerald immer – »Jesus versteht alles, Jesus vergibt alles.

Ihr müsst nur darum bitten.« Also bat Jessie um Vergebung und betete weiter zu Jesus und Grania O'Malley.

Nach der Messe standen alle draußen und plauderten, als auf einmal Liam auf seinem Fahrrad den Hügel herunterraste, schlitternd zum Stehen kam, das Rad zu Boden schleuderte und mit wild wedelnden Armen den Kirchenpfad hochgestürmt kam. »Sabotage! Sabotage!«, brüllte er. »Jemand hat sich an den Baggern zu schaffen gemacht!«

Pater Gerald packte ihn bei den Schultern, um ihn zu beruhigen. »Was sagst du da, Liam? Was soll das heißen?«

»Jemand hat sich daran zu schaffen gemacht. Sie funktionieren nicht mehr, Pater. Sie springen nicht an. Kein einziger!«

Jessie und ihre Mutter wechselten einen Blick, und ein Hoffnungsschimmer blitzte in ihren Augen auf. Jessie spürte in sich solch eine Freude, dass sie meinte, explodieren zu können, aber sie hielt sich zurück, bis sie mit ihrer Mutter allein in Clatterbang saß.

»Das war der Geist!«, schrie Jessies Mutter. »Der Geist von Grania O'Malley, genau wie Mister Barney gesagt hat. Es war Grania O'Malley.« Tränen rannen ihr die Wangen hinab. »Schau mich nicht so an, Jess. Sie *muss* es gewesen sein!«

»Ich weiß, Mum!« Jessies Lachen übertönte Clatterbangs Geklapper. »Ich weiß!« Und Clatterbang antwortete mit lautem Gepruste und einer Fehlzündung.

Jack stand mitten in der Menschenmenge am Kai. Die Baggerfahrer in ihren orangefarbenen Overalls hatten sich zu einem Pulk zusammengetan und redeten auf die Polizisten ein.

Ein Polizeiboot hatte im Hafen festgemacht. Von allen Seiten der Insel strömten die Menschen herbei, mit Geländewagen, mit Motorrädern, zu Fuß. Mrs O'Leary stand vor ihrem Pub auf der Straße, immer noch die flauschigen Hauspantoffeln an den Füßen. Pater Gerald flatterte das Priestergewand um die Beine, das auszuziehen er sich keine Zeit genommen hatte. Überall herrschte hektische Betriebsamkeit.

Mrs O'Leary kam auf Jessie und ihre Mutter zu, als sie aus Clatterbang ausstiegen. »Jemand hat an den Baggern herumgedreht, Cath«, sagte sie. »Keiner weiß, was mit den Dingern los ist. Sie funktionieren einfach nicht mehr. Nicht einer.«

»Also, ich war's nicht, falls Sie das denken«, erwiderte Jessies Mutter lachend. »Ich wünschte, ich wär's gewesen, aber ich war's nicht. Auch wenn es hier wohl mehrere Leute geben wird, die das glauben.«

Sie hatte Recht. Etliche Blicke waren auf sie gerichtet, auch der von Michael Murphy.

Jessie und ihre Mutter ließen Mrs O'Leary stehen und gingen zu Jack. »Wenn ich ihnen sagen würde, wer es wirklich war, Jess«, flüsterte Jessies Mutter, »würden sie mir sowieso nicht glauben, nie im Leben.«

Jack hatte die beiden mittlerweile erblickt und schlenderte auf sie zu, die Hände tief in den Taschen seiner Jeans vergraben, den Baseballschläger unter den Arm geklemmt. »Hi«, sagte er und grinste Jessie glücklich an. »Hab noch nie jemanden gesehen, der so fuchsteufelswild gewesen wäre wie die Baggerfahrer. Ich geh jetzt nach Hause. Kommst du mit, Jess?«

Jessie ging eine Weile schweigend neben ihm her, bis sie die Häuser ein gutes Stück hinter sich gelassen hatten und sicher sein konnten, dass niemand sie hören würde. Dann zupfte sie an Jacks Ärmel und brachte ihn damit zum Stehen. »*Sie* war es, stimmt's? Sie hat uns geholfen!«

»Vielleicht, vielleicht auch nicht«, erwiderte Jack geheimnisvoll und stapfte weiter voran.

Jessie hinkte hinter ihm her und zwang ihn wieder stehen zu bleiben. »Was meinst du damit?«

Er brach in lautes Gelächter aus. »Es war nicht meine Idee«, sagte er. »Dein Dad hat mich darauf gebracht. Er glaubt nicht an Geister. Er ist zu mir gekommen und hat mich gefragt, ob ich weiß, wie man die Baggermotoren lahm legen könnte. Ich hab gesagt, Kinderspiel, das kann jeder, aber erst müsste ich ein paar Sachen herausfinden. Also bin ich zu diesem Baggerfahrer gegangen und hab ihn gebeten, mir den Motor zu zeigen. Du warst ja dabei. Ich hab alles erfahren, was ich wissen musste. Und letzte Nacht sind dein Dad und ich hingegangen und haben sie lahm gelegt. Ich hab versucht dich zu wecken, aber du hast tief und fest geschlafen. Man muss nur die Verteilerkappe abnehmen, eine anständige Menge Zucker in den Benzintank kippen und schwups, nichts geht mehr. Ich hab dir doch gesagt, wenn es um Motoren und so geht, kann ich alles reparieren – oder kaputtmachen. Kein Problem.«

»Du hast es getan?«

»Dein Dad und ich, wir haben es zusammen getan.«

»Also war es gar nicht Grania O'Malley.«

»Wohl nicht«, sagte Jack, und dann: »Sind wir jetzt wieder Freunde?«

»Ich könnte dich knutschen«, sagte Jessie. »Ich könnte dich echt knutschen.«

»Ich hätte nichts dagegen«, sagte Jack.

Also umarmte sie ihn und drückte ihn ganz fest an sich. Auf dem ganzen Heimweg wäre sie vor Freude am liebsten auf einem Bein gehüpft, aber das konnte sie nicht. Stattdessen lachte und plapperte sie ständig, dass es den Typen mit ihren Baggern ganz recht geschähe und dass sie es kaum erwarten könne, ihrer Mutter zu erzählen, wie es wirklich passiert war.

Jack dagegen sagte nur wenig, bis sie beinahe zu Hause waren. Mole kam ihnen auf dem Feldweg entgegengetrottet. Jack fuhr ihm mit der Hand über den Rücken, während sie langsam neben dem Esel hergingen. »Das wird sie nicht wirklich aufhalten, Jess, das weißt du doch«, sagte er im Versuch, es ihr so schonend wie möglich beizubringen.

»Was meinst du?«

»Na ja, es wird sie ein, zwei Tage zurückwerfen, aber sie werden die Motoren bald wieder in Ordnung bringen. Sie müssen sie auseinander nehmen und den Zucker rausputzen – er verstopft die Treibstoffzuleitung. Aber sobald die Motoren sauber sind, können sie loslegen. Wir haben den Kampf nicht gewonnen, Jess. Wir haben ihn nur um ein Weilchen verschoben, das ist alles.«

Das letzte Gefecht

Die Baggermotoren mussten komplett zerlegt, gesäubert und dann wieder zusammengesetzt werden. Jeden Tag ging Jack nach der Schule zum Kai hinunter, um den Mechanikern bei der Arbeit zuzusehen. Es gab Gerüchte, erzählte er mit einem verschmitzten Lächeln im Gesicht, dass einige »Kleinteile« auf mysteriöse Art und Weise verschwunden seien. Aber am Ende sollte die Freude von Jessie und ihren Eltern, wie von Jack vorhergesagt, von kurzer Dauer sein. Die fehlenden Teile wurden mit dem Hubschrauber von der Hauptinsel eingeflogen. Nicht mehr lange, dann würden die Bagger wieder einsatzbereit sein.

Als es so weit war, am Mittwochvormittag, waren die Kinder in der Schule. Zu Mrs Burkes großem Ärger rannten alle zu den Fenstern, als ein Hubschrauber tief über die Insel hinwegflog.

Das war kurz vor Mittag. Mrs Burke war nach der Mittagspause immer noch dabei, die Kinder zu beruhigen und wieder zur Arbeit zu überreden, als einige von ihnen auf einmal ein Rumpeln hörten, wie entferntes Donnergrollen. Eine Weile gelang es Mrs Burke noch, sie in den Schulbänken zu halten. Aber als der Erste Pater Gerald erblickte, der an der

Schule vorbeihastete, drängten sich sofort wieder alle vor den Fenstern und reckten neugierig den Kopf hinaus, und Mrs Burke konnte nichts mehr dagegen tun.

Die Bagger waren unterwegs. Ganz plötzlich kamen sie in Sicht. Das Dröhnen der Motoren ließ die Fensterscheiben klirren und das ganze Klassenzimmer schien so heftig zu vibrieren, dass Jessie sich die Hände über die Ohren legen musste.

Sie war die Einzige, die an ihrem Platz sitzen blieb. Sie musste es nicht sehen. Sie wollte es nicht sehen. Sie schaute durchs Fenster auf den Big Hill, und durch ihren Tränenschleier hindurch meinte sie auf einmal eine Gestalt zu erblicken, ganz oben auf der Bergspitze. Sie eilte zum Fenster. Die Gestalt stand immer noch dort oben – und winkte sie zu sich.

Jessie wusste sofort, wer es war, und sie wusste auch, was sie zu tun hatte. Sie blinzelte ihre Tränen weg, um besser sehen zu können. Als sie wieder zum Big Hill schaute, war niemand mehr zu sehen.

In der Zwischenzeit waren die anderen Kinder bereits dabei, sich die besten Plätze am Schulhofzaun zu erkämpfen. Mrs Burke konnte sie nicht aufhalten und Miss Jefferson wollte sie nicht aufhalten, dazu war sie selbst viel zu aufgeregt. Es war Liam, der das Tor aufmachte, und dann rannten sie alle an den Ruinen der alten Abtei vorüber in Richtung Straße. Und da waren sie: Die vier riesigen Steinbeißer wälzten sich entlang der Küstenstraße auf sie zu, ein gelber, in schwarze Rauchwolken gehüllter Konvoi mit blinkenden orangefarbenen Warnlichtern; und dahinter eine lange Schlange von Gelände- und Lieferwagen. Rechts und links stoben die Schafe auf ihren Weiden blind vor Entsetzen nach allen Richtungen davon und prallten in ihrer Panik immer wieder gegeneinander.

Schweigend starrten die Kinder den Baggern entgegen, fächelten sich mit den Händen die beißenden Abgase aus dem Gesicht und drehten sich zur Seite, um wegen des schwarzen Rauchs nicht husten zu müssen.

Dann begann Marion Murphy zu winken und zu schreien und bald darauf fielen alle anderen mit ein, alle außer Jack, der mittlerweile gemerkt hatte, dass Jessie nicht da war. Er ging zurück ins Schulgebäude, um sie zu suchen, und entdeckte sie immer noch am Fenster, den Blick nach wie vor starr nach draußen gerichtet.

Sie drehte sich um, als sie ihn hinter sich spürte. »Mum hat es ja schon immer gesagt«, murmelte sie. »Seit diese ganze Geschichte mit dem Big Hill angefangen hat, hat Mum es immer gesagt: Wenn man sich etwas ganz sehnlich wünscht, muss man es selber machen. Man darf nicht darauf warten, dass es ein anderer übernimmt. Wenn man an etwas glaubt, dann muss man manchmal einfach dafür kämpfen. Genau wie Grania O'Malley es getan hat oder genau wie du es getan hast, als du die Bagger lahm gelegt hast. Tja, und jetzt bin ich dran.«

»Was meinst du damit?«, fragte Jack.

»Ich dachte, Grania O'Malley würde es für uns erledigen, aber ich hab mich geirrt. Vielleicht hat sie schon alles getan, was sie konnte, vielleicht verlässt sie sich jetzt darauf, dass wir uns selber helfen. Also werde ich genau das tun: mir selber helfen.«

Sie schnappte sich ihre Jacke und die Schultasche vom Haken und rief Jack quer durchs Klassenzimmer zu: »Kommst du mit?«

»Du kannst doch nicht einfach aus der Schule abhauen.«

Jessie sah sich um und zuckte mit den Schultern. »Alle anderen haben's doch auch getan«, sagte sie. »Na los. Wir müssen uns beeilen. Wir gehen über die Felder. Wir können immer noch vor ihnen dort sein.«

Jack half ihr auf der Rückseite des Schulgebäudes über den Zaun und dann über den Graben jenseits von Miss Jeffersons Wildblumenwiese. Sobald sie das dahinter liegende Farngestrüpp erreichten, waren sie auf dem Pfad, der sie um den Fuß des Big Hill herum zu Mister Barneys Baracke führen würde.

Jessie ging voran und wehrte Jacks Fragen dabei mit derselben wilden Entschlossenheit ab, mit der sie auch ihre wackligen Beine vorwärts trieb. Sie würde alle Kraft brauchen, die sie aufbringen konnte, alle Atemluft in ihren Lungen. Sie durfte nichts davon aufs Reden verschwenden.

Während der ganzen Zeit konnten sie das Grollen des Konvois hören, der sich außerhalb ihres Sichtfelds seinen Weg bahnte, an der Abteiruine vorbei den Berg hinauf. Jessie konnte vor ihrem inneren Auge sehen, wie die Bagger auf der Straße an dem Feldweg vorbeidonnern würden, der zu ihrem Haus führte. Panda würde regelrecht ausrasten. Sie lächelte, als sie sich vorstellte, dass er versuchen könnte, seine Zähne in einen dieser gigantischen Reifen zu schlagen.

»Jess, was hast du eigentlich vor?«, fragte Jack zum zigsten Mal. »Wo gehen wir hin?«

Aber sie hörte ihn kaum. Ihre Augen waren starr auf den Boden vor ihren Füßen gerichtet. Sie musste aufpassen, dass sie nicht stolperte. Ihr Herz, all ihre Gedanken waren auf ihren Plan konzentriert. Vielleicht würde es fünfzig Tage dauern. Fünfzig Tage, so hatte sie irgendwo mal gehört, konnte ein Mensch es ohne Nahrung aushalten. Wasser musste man allerdings schon zu sich nehmen, aber da, wo sie hinwollte, gab es mehr als genug Trinkwasser.

Ohne Vorwarnung gaben die Knie unter ihr nach und sie musste sich mühsam aufrappeln. Sofort war Jack hinter ihr, griff ihr unter die Achseln, half ihr auf die Beine und hielt sie fest. Wütend auf sich selbst schüttelte sie ihn ab und taumelte voran. Brombeerranken zerrten an ihrer Jacke, zerkratzten ihr den Hals. Sie wand sich und duckte sich, versuchte ihnen auszuweichen und unter ihnen durchzutauchen. Sie hustete eine Fliege aus, die sie verschluckt hatte, und kämpfte sich weiter vorwärts.

Es kam ihr wie eine Ewigkeit vor, bis sie den Pfad hinter sich ließen und sich auf einmal inmitten der grasbewachsenen Lichtung befanden, an der sich die Wege trafen. Da war der Hauptpfad, der sich über Steinbrocken und Unterholz zum Gipfel des Big Hill hinaufwand; und da drüben, gleich auf der anderen Seite der Lichtung, stand Mister Barneys Baracke.

Rauch kringelte sich aus dem Schornstein. Der gelbe Konvoi war mittlerweile deutlich zu sehen. Er hatte unten an der Straße, am Fuße des Big Hill, Halt gemacht. Und direkt dahinter, die Nase beinahe im Auspuff der Bagger, waren die Inselbewohner mit ihren Geländeautos und Pritschenwagen. Dazu jede Menge Leute auf Fahrrädern und zu Fuß.

Sie waren immer noch ein gutes Stück weit weg, aber Jessie konnte ihre Mutter erkennen. Sie stand vor dem ersten Bagger und redete auf den Fahrer ein. Und als das nichts nützte, schubste sie die Maschine, trat nach den Reifen, drosch mit Fäusten darauf ein. Jessies Vater schlang von hinten die Arme um sie und drehte sie zu sich um. Riesig ragten die Bagger über ihnen auf, der Rauch aus ihren Auspuffrohren schwarz wie die Nacht. Jessies Mutter hatte aufgehört, um sich zu schlagen, und Jessies Vater strich ihr übers Haar und führte sie dann langsam weg, ihr Kopf lag an seiner Schulter.

»Das ist doch deine Mom da unten?«, sagte Jack.

Jessie antwortete nicht. Sie hatten keine Zeit. Die Bagger rollten wieder weiter.

Jessie konnte nicht richtig rennen. Sie hatte noch nie richtig rennen können, nicht so wie andere Kinder, aber als sie nun über die Lichtung hastete, kam sie dem richtigen Rennen so nahe wie nie zuvor. Sie war auf einmal so schnell! Sie verstand selbst nicht, wieso sie nicht vornüber kippte, aber irgendwie blieb sie aufrecht. Irgendwie hielt ihr Körper mit ihren Füßen Schritt und sie blieb auf den Beinen. Jack musste rennen, um hinterherzukommen. Sie hatte sich den Platz schon genau ausgesucht, an dem sie es tun wollte: dort, wo der Hauptpfad zum Big Hill von der Lichtung abzweigte. Dort ragten zu beiden Seiten hohe Granitsäulen auf, umgeben von riesigen Steinklötzen – es war der perfekte Platz. Dort *mussten* sie anhalten. Sie hatte keine andere Wahl. Immer weiter krochen die Bagger den Berg hinauf. Ein warmer Schauer der Freude überlief Jessie, als sie sicher sein konnte, dass sie es vor ihnen über die Lichtung schaffen würde. Sie würde genug Zeit haben, wieder zu Atem zu kommen und Jack alles zu erzählen, ihm ihren ganzen Plan zu erklären. Jetzt gab es nichts mehr, was sie aufhalten konnte. Absolut nichts mehr.

Der Fahrer des vordersten Baggers war derselbe Mann, mit dem Jack wenige Tage zuvor am Kai gesprochen hatte. Er war immer noch ganz durcheinander von dem, was eben unten an der Straße passiert war. Bis vor kurzem hatte er nie einen Gedanken daran verschwendet, was sein Steinbeißer tat. Er hatte in ganz Irland und England auf Baggern gearbeitet, meistens an Autobahnbaustellen, manchmal auch in Steinbrüchen. Er mochte die Kraft, die in den Baggern steckte, er mochte ihren Geruch. In Mrs O'Learys Pub, wo er und die anderen Fahrer untergebracht waren, hatte er von den paar armen Irren auf der Insel gehört, die gegen die Goldmine waren. Er hatte das lachend abgetan, wie seine Kollegen auch; nach dem Anschlag auf die Motoren hatten sie das Ganze schon wesentlich ernster genommen. Er war ehrlich verwundert, dass es hier jemanden gab, der seinen Bagger offenbar abgrundtief hasste.

Und dann war vorhin plötzlich diese Frau aufgetaucht, hatte ihn wütend angefunkelt und ihn angeschrien, er solle zurückfahren, und dass das, was er da tat, eine widerliche Gotteslästerung sei, ein Sakrileg. Sie hatte sich vor dem Bagger aufgebaut, hatte danach getreten, darauf eingedroschen. Der Fahrer hatte nicht gewusst, was er tun, was er sagen sollte. Sie hatte ein letztes Mal zu ihm aufgeblickt und ihn angefleht. *Bitte tun Sie es nicht. Bitte …* Er hatte den Motor aufheulen lassen, damit er sie nicht mehr hören musste.

Und jetzt dachte er immer noch an die Frau und fragte sich, was an dem Berg oben wohl so Besonderes war, dass sie ihn unbedingt retten wollte. Er spähte nach oben. Für ihn sah der Berg einfach aus wie ein normaler Berg, ein Haufen Felsen und Stechginster und Farngestrüpp. Warum machte sie so ein Tamtam darum?

Der Junge tauchte wie aus dem Nichts auf, sprang ihm, wild mit den Armen fuchtelnd, in den Weg. Der Fahrer trat hart auf die Bremse, so hart er konnte, und brachte den Bagger schlitternd zum Stehen. Erst jetzt bemerkte er das Mädchen. Es saß im Schneidersitz mitten auf dem Weg, die Hände auf den Knien, still wie eine Statue.

Der Junge schrie nun etwas zu ihm hoch, und da erkannte ihn der Fahrer. Es war derselbe amerikanische Junge, dem er unten am Kai den Baggermotor gezeigt hatte. Er war beeindruckt gewesen, weil der Junge für sein Alter erstaunlich viel über Motoren wusste.

Er machte die Zündung aus und öffnete die Kabinentür,

um ihm mal kräftig die Meinung zu geigen, aber der Junge gab ihm keine Gelegenheit, auch nur ein Wort zu sagen. »Sie sagt, Sie müssen hier anhalten, Sir. Sie sagt, Sie dürfen nicht weiter.«

Ein alter Mann, der auf der anderen Seite der Lichtung auf die Türschwelle seiner Baracke trat, fiel dem Fahrer ins Auge. Langsam kämpfte er sich den Gartenweg hinunter, auf zwei Stöcke gestützt. Wenn der alte Mann nicht gewesen wäre, hätte der Fahrer losgepoltert, sprachlich und überhaupt. Er versuchte sich zu beruhigen. »Könntest du der jungen Dame sagen, dass sie da weggehen soll?«, sagte er. »Wir haben hier unsere Arbeit zu machen. Wir hinken sowieso schon Tage hinterher. Also, sagst du's ihr bitte?«

»Wird nicht viel nützen«, erwiderte Jack. »Sie will Sie hier nicht haben. Sie will nicht, dass Sie den Big Hill wegbaggern. Und wenn sie sich mal was in den Kopf gesetzt hat, kann nichts und niemand sie mehr davon abbringen. Und das hier hat sie sich ziemlich fest in den Kopf gesetzt.«

Der Fahrer spürte, wie es in ihm kochte, aber er beherrschte sich weiter. Der alte Mann aus der Baracke stützte sich jetzt auf seinem Gartentor ab und mehrere Hühner pickten an seinen Stiefeln herum.

Keines der Kinder rührte sich vom Fleck.

»Hör zu, Kleiner«, sagte der Baggerfahrer und deutete mit dem Daumen über die Schulter zurück, »hinter mir warten noch mehrere von diesen Maschinen. Und wir haben Sicherheitsleute dabei, ein ganzes Dutzend. Die Firma will kein Risiko eingehen, nach allem, was bisher vorgefallen ist. Wir wollen doch nicht, dass jemandem was passiert, oder?« Aber er konnte an ihren verkniffenen Gesichtern und den kalten, verächtlich blitzenden Augen der beiden Kinder sehen, dass er so nicht weiterkommen würde. Also schlug er einen sanfteren Ton an. »Schaut mal, das alles hier, das bringt doch nichts. Wisst ihr doch selber.«

»Sie wird Sie nicht graben lassen«, unterbrach Jack ihn. »Stimmt's, Jess? Sag's ihm.«

»Ich werde Sie nicht graben lassen«, sagte Jessie.

»Hab ich's Ihnen nicht gesagt?«, fügte Jack hinzu.

Mittlerweile waren alle Steinbeißer und Geländeautos und Lieferwagen zum Stillstand gekommen. Die Schlange reichte bis hinunter zur Straße. Alle stiegen aus, um nachzuschauen, was vorne los war, warum sie aufgehalten wurden. Langsam schwärmten sie den Weg hinauf, an den Baggern vorbei und auf die Lichtung. Pater Gerald tänzelte um eine Pfütze herum, die Schöße seiner Soutane hochgeschlagen und unter den Gürtel geklemmt. Hinter ihm trippelte Mrs Burke in ihrem engen Rock nach oben. Liam war auch da und Marion Murphy. Alle waren da, jedes einzelne Kind aus der Schule. Sie standen nur da und starrten, wie die Erwachsenen auch.

Jessie hielt nach ihren Eltern Ausschau, konnte sie aber nirgends entdecken. Sie sah, wie Michael Murphy aufgeregt auf einen der Baggerfahrer einredete und Miss Jefferson einem der kleineren Kinder – Jessie konnte sein Gesicht nicht erkennen –, das hingefallen war und sich das Knie aufgeschürft hatte, wieder auf die Beine half. Sehr bald war die Lichtung voll gestopft mit Inselbewohnern, den Baggerfahrern in ihren leuchtend orangefarbenen Overalls und den Sicherheitsleuten mit ihren blauen Uniformen und den glänzenden spitzen Kappen – ähnlich wie bei der Polizei, bloß dass sie nicht von der Polizei waren. Ganz am Ende tauchten plötzlich Jessies Eltern auf, die sich mühsam nach vorne durchkämpften.

Als Jessies Mutter ihre Tochter auf dem Weg kauern sah, direkt vor den Baggern, wollte sie zu ihr stürzen, aber Jessies Vater hielt sie zurück. »Nein, Cath«, sagte er. »Ihr passiert nichts. Ich werde nicht zulassen, dass ihr etwas passiert. Aber lass sie ruhig. Lass sie tun, was sie tun muss.«

Jessie stand auf – und das dauerte seine Zeit. Sie musste sich auf den Bauch drehen und sich dann hochdrücken, erst auf die Knie und dann auf die wackligen Beine.

Jack kam ihr nicht zu Hilfe. Er wusste längst, dass sie sich nur helfen lassen wollte, wenn sie allein waren. Als Jessie zu der erwartungsvollen Menschenmasse vor sich schaute, wurde ihr auf einmal richtig übel und all ihr Mut schien sie zu verlassen. Jack lächelte ihr ermutigend zu, aber er sah in ihren Augen, dass sie es nicht allein schaffen würde. Er würde das Reden übernehmen müssen. Es ging nicht anders.

Jack holte tief Luft. »Wahrscheinlich wundert ihr euch alle«, begann er, »was Jess und ich hier machen. Also: Wir werden auf den Gipfel hochklettern und dort so lange bleiben, wie es sein muss. Bis die Bagger wieder wegfahren. Jess und ich, wir sind schon mal da oben gewesen.« Er warf Mrs Burke einen langen, durchdringenden Blick zu und lächelte. »Ich hab da auf dem Gipfel gestanden und hab mich umgeschaut. Wenn man da steht, dann hat man das Gefühl, man gehört dahin, als wäre man ein Teil von etwas, das seit Tausenden von Jahren besteht. Es ist ein besonderer Ort, ein ganz besonderer, er lebt, er atmet. Wenn ihr den Gipfel des Big Hill abschneidet, tötet ihr ihn. Wenn ihr das Gold herausgrabt, reißt ihr ihm das Herz aus. Aber das wisst ihr wahrscheinlich selber.«

Das Meer seufzte und der Wind flüsterte und die Menge lauschte in erstauntem Schweigen. »Ich hab viel nachgedacht in letzter Zeit«, fuhr Jack fort. »Mein Dad ist krank, schwer krank. Ich hab daran gedacht, dass er es vielleicht nicht schafft und dass ich ihn dann nicht mehr habe. Und dann bin ich darauf gekommen, dass es uns allen irgendwann so geht, mir und Jess und euch allen. Jeder ist hier nur auf der Durchreise, kaum da, schon wieder weg. Aber dieser Berg bleibt für alle Zeiten hier. Und wir müssen dafür sorgen, dass er so bleibt, wie wir ihn vorgefunden haben. Wir müssen dafür sorgen, dass die Luft zum Atmen sauber bleibt und genug Fische im Meer schwimmen, sonst ist bald nichts mehr übrig. Ich höre mich wahrscheinlich total wirr an, aber ihr wisst schon, was ich sagen will.«

Jack griff nach Jessies Hand. »Jess hat beschlossen, dass wir auf den Gipfel des Big Hill hinaufgehen. Und wenn wir mal da oben sind, gehen wir nicht mehr weg, keinen Meter. Wenn sie das Gold haben wollen, müssen sie schon über uns drüberrollen, um es sich zu nehmen.« Er fing Marions Blick auf und lächelte ihr zu. »Du kannst mitkommen, wenn du willst. Ihr alle könnt mitkommen. Wäre uns nur recht.« Er wandte sich zu Jessie um. »Fertig?«

Damit gingen sie los, den Weg hinauf, Seite an Seite.

Die Menge blieb wie angewurzelt stehen. Niemand rührte sich. Keiner sagte ein Wort.

Schon nach wenigen Schritten fühlte sich Jessie ganz schwach. »Jack«, flüsterte sie, »ich zittere am ganzen Körper.«

»Ich auch«, raunte Jack. »Aber du bist dir sicher, dass wir das durchziehen sollten, oder? Es ist ziemlich weit bis nach oben, das weißt du.«

»Ich weiß«, sagte Jessie. Sie packte ihn plötzlich am Arm. »Spürst du sie, Jack?«

»Wen?«

»Die Geister, die Piraten. Sie sind hier, überall um uns herum. Und sie ist auch hier – Grania O'Malley. Ich kann sie spüren. Sie schaut zu, ich weiß es!«

Jack sah sich um, dann warf er einen Blick zurück über die Schulter. Er blieb stehen.

Jessie drehte sich um und sah nun auch, was Jack gesehen hatte. Der alte Mister Barney folgte ihnen den Berg hinauf, den weißhaarigen Kopf tief zwischen die Krückstöcke gesenkt. Wie eine Schildkröte kroch er vorwärts, jeder schwerfällige Schritt eine riesige Anstrengung. Er hielt einen Augenblick inne und hob den Kopf, um zu den Kindern hochzuschauen. »Habt ihr was dagegen, wenn ich mitkomme?«, fragte er.

Jessies Mutter riss sich aus der Menge los und stürmte auf ihn zu. »Ich komme auch mit«, sagte sie.

Mister Barney lächelte sie an. »Hoffentlich kannst du mit mir Schritt halten, Cath«, sagte er. Er winkte Jack und Jessie mit einem seiner Stöcke zu. »Steht da nicht so herum. Wir treffen uns auf dem Gipfel.«

Jessie suchte den Hang nach ihrem Vater ab, konnte ihn aber nirgends sehen. »Kommt Dad auch mit?«, rief sie.

»Er kommt nach«, erklärte ihre Mutter. »Er ist nur schnell nach Hause gegangen, um etwas zu essen und zu trinken zu holen.«

»Da oben gibt's genug Wasser zu trinken«, sagte Jessie, drehte sich weg, hielt sich kurz an Jack fest, um ins Gleichgewicht zu kommen, und machte sich wieder an den Anstieg.

Sie waren erst auf halber Höhe, hatten gerade den Wasserfall hinter sich gelassen, als Jessie spürte, wie die Beine unter ihr wegknickten. Sie musste sich mittlerweile schwer auf Jack stützen und alle paar Schritte eine Pause einlegen. »Ich glaube, ich schaff's nicht«, keuchte sie.

»Du musst«, sagte Jack und schlang den Arm fester um sie. »Sie schaut uns doch zu, schon vergessen? Alle schauen uns zu.«

Jessie drehte sich um. Jack irrte sich. Sicher, ein paar von den Leuten standen immer noch neben den Baggern und starrten nach oben, aber die meisten von ihnen trugen das Orange der Baggerfahrer oder das Blau der Sicherheitsleute. Auch Michael Murphy war noch da und ein paar andere Leute von der Insel – aber nur ein paar. Wo waren die anderen geblieben?

Und da sah sie sie auch schon – zu Dutzenden stürmten sie um eine Biegung des Weges nach oben. Liam führte sie an und winkte Jessie und Jack zu. Pater Gerald stapfte neben Mister Barney und Jessies Mutter lief voran. Mrs Burke war, mit hochgeschlagenem Rock, nur knapp dahinter und wurde gerade von Miss Jefferson mit weit ausholenden Schritten überholt.

»Schau dir das an«, keuchte Jessie. »Sie kommen, sie kommen alle mit.«

»Und?«, sagte Jack. »Worauf wartest du? Willst du etwa, dass Marion Murphy vor dir auf dem Gipfel ankommt?«

»Sie ist doch gar nicht dabei, oder?«

»Weiß ich nicht, wäre aber schon möglich.«

Das war Jessie Ansporn genug. Sie stürmte voran und zählte beim Laufen den Rhythmus mit: »Eins und zwei. Eins und zwei. Eins und zwei.« Auf Händen und Füßen kroch sie über die steinübersäten Wegabschnitte, dann rappelte sie sich wieder hoch und stützte sich an allem ab, was Jack ihr anbot – Arm, Bein, Hose, egal. Ohne einen weiteren Blick nach hinten taumelte sie voran. Sie hörte, wie sie näher kamen. Sie musste nicht erst hinsehen.

Am Ende war sie doch nicht als Erste auf dem Gipfel. Sie erhaschte einen ersten Blick auf die Bergspitze und fühlte schon den warmen Kitzel überschäumender Freude, als plötzlich Panda an ihr vorbeistürmte, wobei er sie anrempelte und zu Boden stieß. Sie schrie ihn an, aber er blieb weder stehen noch würdigte er sie eines Blickes. Mole trottete mit aufgestellten Ohren den Weg hinauf auf sie zu. Als er sah, dass Panda vor ihm war, raste er los, den Kopf gesenkt, die Ohren angelegt, und scheuchte den ständig davontänzelnden und wild kläffenden Hund ein paarmal um den Berggipfel herum.

Als Jessie und Jack schließlich selbst oben ankamen, lag Panda am Boden, glücklich hechelnd nach der kleinen Hetzjagd, während Mole seitlich im Unterholz herumstocherte und mit dem Schweif nach Fliegen schlug.

Jack gönnte sich einen Schluck Wasser aus der Quelle oberhalb des Steinbeckens. Dann setzte er sich auf die Fersen und wischte sich mit dem Handrücken über den Mund. »Keine Ohrringe diesmal«, sagte er.

Jessie lag auf dem Rücken und schnappte mühsam nach Luft.

»Ich kann sie hören«, fuhr Jack fort und stand auf. »Sie kommen.«

Aber Jessie hörte noch jemand anderen, der wesentlich näher zu sein schien. Sie richtete sich auf und stützte sich auf den Ellbogen ab. »Hör mal, Jack«, flüsterte sie. »Hör mal.«

Die Stimme war direkt neben ihnen. »Jessie? Jack? Tapfer, tapfer! Habt ihr großartig gemacht.«

Sie war es. *Sie* war es!

»Wir sind alle mächtig stolz auf euch«, fuhr die Stimme fort. »Aber jetzt, wo ihr die Macht habt, dürft ihr sie nicht mehr aus der Hand geben, habt ihr mich verstanden? Glaubt mir, ich weiß Bescheid. Wenn man einmal die Macht hat, gibt man sie nicht mehr her, gleichgültig, was geschieht. Und lasst euch nicht in Grund und Boden reden. Denn versuchen werden sie es garantiert.«

»Machen wir«, sagte Jessie und sah sich um, in der Hoffnung, dass sie sich zeigen würde. »Versprochen.« Als sie niemanden sah, fügte sie hinzu: »*Du* hast den Schatz wieder ausgegraben, stimmt's?«

Die Stimme lachte. »Nun, ihr wisst ja, dass die Jungs von Anfang an nicht gerade begeistert waren von der Idee, sich von ihm zu trennen. Sie waren nur zu gern bereit, ihn wieder auszubuddeln. Hab mir jede Menge ›Hab ich's dir nicht gesagt?‹ anhören müssen, aber so ist das nun mal, so sind die Spielregeln. Ich dachte, es wäre eine gute Idee, und das war es auch. Aber diese ganzen Gesetze und Bestimmungen – alles Mist. Na ja, den Versuch war's wert; aber was ihr da macht, ist noch besser, viel besser, und es wird funktionieren. Also lasst euch nicht unterkriegen, verstanden?«

»Kannst du dich nicht zeigen?« Es war Jessie unangenehm, zu einer bloßen Stimme zu sprechen.

»Bald. Ihr werdet mich zu Gesicht bekommen, wenn es nötig wird. Ich komme wieder.«

»Grania O'Malley! Grania O'Malley!«

Aber es kam keine Antwort mehr.

Jessie wandte sich Jack zu. »Du hast sie doch auch gehört, oder? Du hast sie doch auch gehört?«

Jack nickte und ließ den Blick nervös umherwandern. »Ich

wünschte, sie würde sich nicht ständig unsichtbar machen«, sagte er. »Das erschreckt mich jedes Mal zu Tode.«

Jessie griff nach seiner Hand und drückte sie zweimal. Jack antwortete auf die gleiche Weise. Sie saßen im selben Boot, und sie würden das hier gemeinsam durchstehen, genau wie alles andere, das fühlten sie beide im selben Augenblick.

Als Pater Gerald wenige Augenblicke später den Gipfel erreichte, fand er die beiden genau so vor: Hand in Hand neben dem Wasserbecken sitzend, erschöpft, aber voller Zuversicht.

»Sie können uns nicht überreden, aufzugeben, Pater«, sagte Jessie, als er näher kam.

»Das will ich auch gar nicht, Jessie, selbst wenn ich könnte«, erwiderte er. Er hatte sein Predigt-Lächeln im Gesicht, dieses Lächeln, das Jessie bislang nie für echt gehalten hatte. »Die halbe Insel kommt gleich hier rauf. Ich weiß nicht, wie es den anderen geht, aber ich werde hier bleiben, bis die Bagger wieder abziehen.«

»Wo ist Mum?«, fragte Jessie.

»Ein Stück weiter unten, bei Mister Barney. Jemand ist schnell noch mal runtergelaufen, um seine Schubkarre zu holen – der alte Mann konnte nicht mehr weiter, jedenfalls nicht aus eigener Kraft. Am Anfang hat ihm der Gedanke an die Schubkarre allerdings nicht besonders behagt. ›Jessie lässt sich auch manchmal in der Schubkarre transportieren‹, hat deine Mutter ihm dann gesagt. Und da hat er eingelenkt. ›Na fein, wenn das für Jessie gut genug ist, dann ist es auch für mich gut genug.‹ Sie sind bestimmt bald hier. Jack, was du vorhin über deinen Vater gesagt hast … Das hat uns die Augen geöffnet, wirklich. Du hast uns alle zum Nachdenken gebracht.«

Kurze Zeit später war der Gipfel des Big Hill voller Menschen, die aufgeregt hin und her wuselten. Es würden noch mehr kommen, meldeten sie. Viele waren wie Jessies Vater noch mal zurückgegangen, um Zelte und Decken und etwas zu essen zu holen. Einige fingen an zu klatschen und kurz darauf jubelte die ganze Menge. Und da sah Jessie, wie ihre Mutter die Schubkarre über die Gipfelkante hinaufrollte, auf Jessie und Jack zu. Mister Barney winkte huldvoll wie ein Kaiser. Sie halfen ihm aus der Schubkarre und reichten ihm seine Krückstöcke.

»Na so was«, sagte Mister Barney und sah in die Runde. »Das ist das erste Mal seit über zwanzig Jahren, dass ich wieder hier oben stehe. Und wenn sie mich wieder runterschaffen wollen, werden sie mich schon runterschleifen müssen.« Er nickte Jessie und Jack lächelnd zu, und seine Augen waren voller Tränen, als er fortfuhr: »Wenn ich meinen Hut aufhätte, würde ich ihn jetzt vor euch ziehen. Und ich hab in meinem ganzen Leben noch nie den Hut vor jemandem gezogen.«

Jessie spürte, wie Jack ihre Hand drückte, und drückte zurück, ohne ihn anzusehen. Sie war müde, ihre Beinmuskeln waren kalt und verkrampften sich. Aber sie war noch nie so glücklich gewesen.

Mister Barney hatte gerade zu Ende gesprochen und der Applaus war eben erst verstummt, als sie plötzlich alle ein

Dutzend Männer bemerkten, die auf dem höchsten Punkt des Weges standen. Die meisten trugen blaue Uniformen und glänzende spitze Kappen.

»Na schön«, wandte sich Michael Murphy an die Allgemeinheit. Er war außer sich vor Wut. »Mir reicht's. Erst habt ihr die Bagger lahm gelegt und jetzt das. Der Berg, auf dem ihr steht, gehört mir, und ich habe das Recht, damit zu tun, was ich will. Ich hab die Nase voll von dem Unsinn, kapiert?« Er machte eine Pause, dann fügte er mit tiefer Stimme bedrohlich hinzu: »Wenn ihr alle nicht von hier verschwindet, könnte die Sache übel ausgehen. Am Ende wird noch jemand verletzt. Versteht ihr, worauf ich hinauswill?« Er klang jetzt etwas ruhiger. »Hört zu, meinetwegen könnt ihr die Nacht über hier bleiben, damit ihr das alles noch mal überdenkt, aber ich möchte, dass ihr bis morgen früh von hier verschwunden seid. Habt ihr mich verstanden?«

Eine Weile sagte niemand etwas, alle schauten sich nur gegenseitig an. Dann trat Jessies Mutter nach vorn und baute sich direkt vor ihm auf. »Du bist hier unerwünscht, Michael Murphy«, sagte sie. »Mag ja sein, dass das *dein* Berg ist, aber es ist *unsere* Insel, und wir haben beschlossen, nicht wegzugehen, wenn deine Bagger nicht abziehen. Habe ich mich klar genug ausgedrückt?«

Offenbar schon, denn Michael Murphy wirbelte auf dem Absatz herum und stürmte den Berg hinunter. Die Männer in Blau folgten ihm und Panda rannte hinter ihnen her und schnappte nach ihren Fersen.

»Mir ist kalt«, sagte Jessie, zog die Knie an und schlang ihre Arme darum.

»Soll ich dir die Beine reiben?«, fragte Jack. »Tun sie weh?«

Aber Jessie bekam keine Gelegenheit zu antworten. Eine Gestalt war vor ihnen aufgetaucht, eine Gestalt mit hellgrünen Turnschuhen. Es war Marion Murphy und sie hatte geweint. »Ich bin hier, Jack«, sagte sie. »Ich hab gehört, was du gesagt hast, und da bin ich gekommen. Und ich werde meinem Dad sagen, dass er aufhören soll. Ich komme nachher wieder. Ich bringe uns ein bisschen Schokolade mit, ja? Ich hab zu Hause eine Federbettdecke, Jessie, wenn du sie haben willst ...«

»Das wäre klasse«, sagte Jessie und lächelte Marion Murphy zum allerersten Mal in ihrem Leben an.

Die Schlacht gegen die Steinbeißer

Als die Abenddämmerung hereinbrach, hatte sich der Gipfel des Big Hill in ein Dorf aus Zelten und behelfsmäßigen Hütten verwandelt. Es war eine laue, trockene Nacht, aber eine kühle Brise wehte vom Meer herein und alle waren bald froh um die gebauten Unterkünfte und das Feuer. Pater Gerald hatte sich selbst zum Bewacher des Feuers ernannt und scheuchte jedes Kind, das er zu fassen bekam, zum Holzsammeln über den Berg. Aber die Sträucher, die sie fanden, waren zu dünn und zu trocken und brannten zu schnell ab. Es gab einfach nicht genug, um damit das Feuer am Leben zu erhalten. Also machte sich Jessies Vater, der mit dem Traktor samt Anhänger bereits mehrere Versorgungsfahrten den Berg hinauf und hinunter unternommen hatte, noch einmal auf den Weg nach unten, um eine Ladung Torf zu holen.

Jessie und Jack saßen, in Decken gehüllt, in der Öffnung ihrer Hütte, die zwischen die Felsen gebaut war und deren Decke und Fußboden aus Farngestrüpp bestanden. Jessie atmete tief die Hitze des Feuers ein und nach einer Weile konnte sie endlich wieder ihre Beine spüren. Sie behielt die Schatten rund um das Feuer im Blick, immer in der Hoffnung, dass einer davon sich früher oder später verdichten und Grania O'Malleys Gestalt annehmen würde.

Aber die Schatten blieben Schatten und Grania O'Malley tauchte nicht auf. Mrs O'Leary hatte ihren Grill aus dem Pub mitgebracht und briet Hunderte von Würstchen über einer Schicht glühender Kohlen, während Panda ihr, die Ohren in froher Erwartung gespitzt, nicht von der Seite wich.

»Möchtest du ein Würstchen?«, fragte Jack.

»Zwei«, antwortete Jessie. »Und das ist dann erst die Vorspeise.« Während er aufstand, blieb sie sitzen und starrte tief ins Feuer. Sie hörte, wie der Traktor den Berg hochrumpelte, nahm aus den Augenwinkeln wahr, wie die Scheinwerfer durch das Unterholz streiften, und dann erklang die Stimme ihres Vaters, der um Hilfe beim Entladen bat. Mrs O'Leary verkündete lautstark, die Würstchen seien durch, dass man Brot und Bohnen haben könne und dass jedermann kräftig zulangen solle. Mehrere Gestalten huschten am Feuer vorbei in Richtung Grill. »Mrs Burke hat die Getränke, da drüben am Steinbecken«, fügte Mrs O'Leary hinzu. »Und im Feuer gebackene Kartoffeln gibt's auch.«

»Was für ein Festschmaus«, sagte eine Stimme. Es war niemand zu sehen, zunächst jedenfalls nicht. Aber dann saß Grania O'Malley plötzlich rechts von Jessie, streckte die Hände zum Feuer hin aus und rieb sie kräftig aneinander. »Und was für ein schönes Feuerchen.«

»Sie werden dich sehen!«, zischte Jessie.

»Na und? Und wer soll schon herschauen? Sie sind doch

alle ganz wild auf die Würstchen. Außerdem: Um mich zu sehen, muss man mich schon sehen *wollen*; und ich muss gesehen *werden* wollen. Wenn sie mich sehen wollen, und wenn ich will, dass sie mich sehen, dann werden sie mich sehen, und keine Minute früher, verstehst du?«

Jessie verstand nicht so recht, aber das hätte sie auf keinen Fall zugegeben.

»Hör zu, Jess«, fuhr Grania O'Malley fort, »morgen hab ich vielleicht keine Zeit mehr dafür. Ich möchte, dass du das hier nimmst.« Damit griff sie nach Jessies Hand und drückte ihr etwas hinein, etwas Hartes und Kaltes und Scharfkantiges.

»Was ist das?«

»Eine Pfeilspitze. Nein, nicht die von Jack. Die Jungs und ich, wir haben überall nach seiner Pfeilspitze gesucht, aber wir haben sie auch nicht gefunden. Aber vielleicht bringt ihm die hier genauso viel Glück. Du kannst ihm erzählen, was du willst. Du kannst dir doch so schöne Geschichten ausdenken, ich hab's gehört. Er wird nicht merken, dass es nicht seine ist.«

»Wo hast du sie her?«

»Aus Amerika, genau wie er seine. Von dem Pfeil, den die Indianer auf mich abgeschossen haben. Ich hab dir ja erzählt, er hat mich um Haaresbreite verfehlt; aber ich hab ihn trotzdem behalten. Mein Talisman, könnte man sagen. Hat mir mein Leben lang Glück gebracht, vielleicht tut er das auch für Jack.« Sie schloss Jessies Finger um die Pfeilspitze und lächelte ins Feuer. »Die Nacht vor der Entscheidungsschlacht – wie in alten Zeiten. Wie oft hab ich schon hier oben gesessen und auf den Feind gewartet – und wir haben ihn am Ende immer in die Flucht geschlagen, immer. Ich bin morgen im Geiste bei euch, Jess, da kannst du dir sicher sein.«

»Aber es wird doch keine richtige Schlacht geben, oder? Es passiert doch niemandem etwas?«, fragte Jessie. Aber als sie nach rechts schaute, war da niemand mehr, der ihr hätte antworten können.

Jessies Vater stapfte auf sie zu und klopfte sich dabei die Hände an der Hose ab. »Merkwürdig«, sagte er. »Gerade eben, als ich die Torfballen abgeladen hab, war da auf einmal eine Frau neben mir und hat mir geholfen – lange Haare, langer Umhang. Keine Ahnung, wer sie war. Hab sie noch nie im Leben gesehen. Aber sie hat so geredet, als würde sie mich kennen und dich auch. Sie hat gesagt, ich sei ein Glückspilz, dass ich so eine Tochter wie dich habe. Weißt du vielleicht, wer sie ist? Hast du sie schon mal gesehen?«

Jessie schüttelte den Kopf.

»Wahrscheinlich ist sie zu Besuch hier«, fuhr er fort. »Aber sie hat Recht, ich bin wirklich ein Glückspilz. Du bist ganz die Tochter deiner Mutter, würde ich sagen.«

»Wessen Tochter sollte sie auch sonst sein?«, sagte Jessies Mutter und trat aus der Dunkelheit in den Feuerschein hinaus. Jack war bei ihr und er hatte einen Teller in der Hand, auf dem sich Würstchen und Bohnen türmten.

Sie riefen Mister Barney zu, er möge ihnen Gesellschaft leisten, also kam er und setzte sich mit ihnen rund um den gemeinschaftlichen Teller und ließ sich das Essen schmecken, genau wie sie – die Würstchen packten sie mit bloßen Fingern und für die gekochten Bohnen ließen sie einen Löffel herumgehen.

Jack fiel wie ein Scheunendrescher über die Würstchen her – kein Wort über Erdnussbuttersandwiches, fiel Jessie auf. Als sie ihn darauf ansprach, grinste er verschmitzt und sagte in seinem besten Irisch: »Ach, geh mir weg damit, ja?« Sie lachten immer noch, als Liam mit den Kartoffeln kam. Eigentlich sollten sie in der Glut gebacken sein, aber sie waren eher verbrannt. Sie aßen sie trotzdem.

»Wie die Speisung der fünftausend«, sagte Pater Gerald im Vorbeigehen. Und ganz Unrecht hatte er nicht. Das Essen schien auf wundersame Weise aufgetaucht zu sein, und es reichte für alle; und aus der Quelle oberhalb des Steinbeckens sprudelte genug Wasser, um das Essen hinunterzuspülen. Mister Barney rülpste, entschuldigte sich und nahm noch einen Schluck Wasser.

»Das beste Wasser auf der Welt, kein Zweifel«, sagte er. »Wenn ich hundert Jahre alt werden sollte – und so weit bin ich davon gar nicht mehr entfernt –, dann nur wegen dieses Wassers. Richtig Leben spendend ist das. Wenn sie anfangen, mit ihren Höllenmaschinen hier herumzugraben, verseuchen sie es für immer. Nimm einen Schluck, Jessie, nutz es, solange es noch geht.« Damit reichte er Jessie den Krug.

Über Wasser hatte Jessie bislang noch nie groß nachgedacht. Wasser war eben Wasser. Es kam vom Himmel und war im Übermaß verfügbar. Sie hatte oft genug von diesem Wasser getrunken, aber jetzt kam es ihr vor, als schmecke sie es zum ersten Mal. Es war weder bitter wie andere Getränke noch süß wie andere Getränke. Es war kühl und sauber. Ob es an dem Wasser lag oder an etwas anderem, hätte Jessie nicht sagen können, aber auf einmal verspürte sie ein allumfassendes, übermächtiges Wohlgefühl.

Das Festmahl aus Würstchen und Bohnen dauerte bis tief in die Nacht an. Niemand redete davon, was wohl am nächsten Tag geschehen würde. Bei all den zuversichtlichen, fröhlichen Menschen, die um das Feuer herumsaßen, kam es Jessie vor, als sei sie die Einzige, die an morgen dachte. Sie sah, wie Jack in der Dunkelheit jenseits des großen Feuers mit Liam und all den anderen herumalberte. Sie wollte ihn allein erwischen, wollte ihm Grania O'Malleys Glückspfeilspitze geben und ihn wegen der bevorstehenden Schlacht warnen. Als die Würstchen und Bohnen endlich aufgegessen waren, holte Miss Jefferson ihre Ziehharmonika heraus, und sie sangen alle Lieder, die sie kannten, und dazu noch ein paar, die sie nicht so gut kannten. Und es wurde getanzt. Jeder klatschte den Rhythmus mit, während die Füße der Tänzer im Feuerschein hüpften und vorbeihuschten. Die Flammen erstarben langsam, doch das Tanzen erwärmte ihre Herzen genau wie ihre Glieder.

Aber als es vorbei war, sah die Lage schon anders aus. Hastig krochen sie in ihre Zelte und Hütten und wickelten sich gegen die Kälte und die Feuchtigkeit in ihre Decken ein. Nachdem das eindringliche Geflüster und das unterdrückte Gekicher aufhörten – und das dauerte nicht lange –, war die Nacht von einer schweren, Unheil verkündenden Stille erfüllt.

Jessie schmiegte sich auf ihrem Bett aus Farnkraut an ihre Mutter. Ihr Vater und Mister Barney lagen, Kopf an Fuß, neben ihnen, während Jack sich zu Jessies Füßen ausgestreckt hatte, das Gesicht von ihr abgewandt und in seiner Ellbeuge vergraben. Er schlief längst, und das gefiel Jessie nicht. Immer wieder stieß sie ihm ihren großen Zeh in die Seite. Sie musste mit ihm reden, unbedingt. Dann hörte sie ihn leise schnarchen und wusste, es hatte keinen Sinn mehr. Sie würde bis zum nächsten Morgen warten müssen. An diesem Abend galt ihr letztes Gebet Grania O'Malley – wenn es schon eine Schlacht geben musste, dann sollte dabei bittebitte niemand verletzt werden.

Schlagartig schreckte Jessie aus dem Schlaf hoch. Jemand rief ihren Namen.

Marion Murphy stand in der Hütte, tief über Jessie gebeugt, das Gesicht tränenverschmiert.

»Was ist denn los, Marion?«, fragte Jessies Mutter und setzte sich auf.

Marion sah Jessie an. »Ich konnte gestern Abend nicht mehr kommen. Ich hab's versucht, Jessie, ehrlich.« Sie war ganz atemlos vom Weinen. »Mein Dad hat mich mit der Bettdecke erwischt und in mein Zimmer gesperrt. Ich wollte kommen, wirklich.«

»Ist schon gut, Marion«, sagte Jessies Mutter.

»Nein.« Marion schüttelte heftig den Kopf. »Nein, nichts ist gut. Ihr versteht nicht. Sie kommen. Sie haben noch mehr Leute rübergeholt, noch mehr von diesen Sicherheitsleuten. Sie sind in der Nacht mit der Fähre gekommen. Jetzt sind sie eine ganze Armee – und sie wollen euch überrumpeln. Ich hab gehört, wie sie alles geplant haben. Die Steinbeißer donnern voran, wie Panzer, und alle anderen kommen hinterher. Sie kommen – jetzt! Sie wollen euch im Schlaf überraschen. Ich bin aus dem Fenster gesprungen. Hab mir den Arm verstaucht.«

Jessies Vater schlüpfte bereits in seine Stiefel und kroch aus der Hütte. Er tätschelte im Vorbeigehen Marions Kopf. »Braves Mädchen«, sagte er. »Gut gemacht.«

Jessie lächelte Marion an. »Dann bleibst du also hier?«, fragte sie.

»Wenn ihr mich dabeihaben wollt?« Marion sah Jack an.

»Klar wollen wir dich dabeihaben, stimmt's, Jack?«, sagte Jessie. »Wenn es zu einer Schlacht kommt, können wir jeden guten Kämpfer gebrauchen, den wir kriegen können.«

»Wer hat was von einer Schlacht gesagt?«, stieß Jessies Mutter hervor. »Wir werden das alles friedlich regeln. Ich möchte nicht, dass jemandem etwas passiert. Jetzt lass mich mal deinen Arm anschauen, Marion.«

Es waren keine Würstchen und keine Bohnen mehr übrig zum Frühstück, sie hatten alles aufgegessen. Also kauten alle auf der einen oder anderen kalten, angekokelten Kartoffel herum und hielten dann die Hände unter die Quelle, um mit einem tiefen Schluck Wasser den Geschmack runterzuspülen.

Niemand hätte später sagen können, wo der Baseballschläger auf einmal hergekommen war; aber Liam schwang ihn drohend über seinem Kopf. Und der Schläger war nicht die einzige Waffe, wie Jessie bemerkte. Es gab Heugabeln und Eisenstangen und etliche lange Holzstecken, die zu Speeren angespitzt worden waren. Die Inselbewohner waren gewappnet; sie warteten. Eine unheilvolle Spannung lag im kalten Licht der Morgendämmerung in der Luft. Als sie hörten, wie am Fuße des Big Hill die Motoren angelassen wurden, strömten sie Schutz suchend zusammen, wie eine Schafherde. Jessie hatte Angst – Angst vor dem, was sie losgetreten hatte, und vor dem, was passieren konnte. Jetzt gab es kein Zurück mehr.

Ihre Mutter begann zu sprechen, die Stimme klirrend vor Strenge. »Wir lassen jetzt die Waffen fallen, und zwar alle. Wir werden sie nicht brauchen. Es wird keine Schlacht geben, keine Gewalt.«

Es dauerte eine Weile, bis Liam den Baseballschläger fallen ließ. Doch als er es tat, folgten alle anderen, Kinder wie Erwachsene, seinem Beispiel. »Wir nehmen uns jetzt alle bei den Händen, was meint ihr?«, sagte Jessies Mutter. »Wir bilden einen Kreis um den Gipfel des Big Hill – einen Kreis, den niemand durchbrechen kann.«

Jessie tastete nach Jacks Hand neben sich. Ihr Vater stand auf der anderen Seite. Sie umklammerte ihrer beider Hände, mehr konnte sie nicht tun, außer hoffen. Nur Mister Barney fügte sich nicht in die Kette ein. Stattdessen stand er, auf einen seiner Stöcke gestützt, in der Mitte des Kreises – wie ein alter Häuptling aus vergangener Zeit, dachte Jessie. Schon waren die ersten Rauchwolken über dem Unterholz zu sehen und zwischen dem Farnkraut schimmerte es gelb – die Steinbeißer kamen langsam, aber unerbittlich den Berg herauf auf sie zu.

Einige der Wartenden, darunter Pater Gerald, schlossen die Augen und fingen an zu beten, während die Möwen über ihnen kreisten, ihre Schreie ein Echo der Ängste in den Herzen der Menschen. Plötzlich erklang eine Stimme, eine kräftige, entschiedene Stimme. Es war Mister Barney. »Wir werden sie vertreiben. Wir werden sie vertreiben, so wahr ich hier stehe. Haltet euch wacker und einander fest bei den Händen, dann schicken wir sie in die Wüste.«

Und dann sahen sie, wie der erste Steinbeißer den Weg heraufdröhnte. Panda bellte ihn wütend an, das Nackenfell gesträubt. Instinktiv wichen alle einen Schritt zurück, aber das schnürte den Kreis nur enger. Fest mit den Armen eingehakt, schauten sie zu, wie der erste Bagger sich auf den Gipfel des Big Hill hochmühte, das Farnkraut niederwalzte und über die Steinbrocken auf sie zupolterte und dann anhielt. Es dauerte nicht lange, bis sie vollständig umringt waren. Michael Murphy stand da, von Sicherheitsleuten mit versteinerten Gesichtern flankiert – einer kleinen Armee, genau wie Marion gesagt hatte. Die Motoren erstarben und Stille senkte sich über den Berg. Selbst die Möwen waren verstummt.

Michael Murphys Gesicht war vor grenzenloser Wut noch röter als sonst. »Was zum Teufel ist eigentlich mit euch los?«, donnerte er. »Ihr wart doch alle einverstanden, oder nicht? Na ja, zumindest die meisten von euch. Wie kommt's, dass ihr eure Meinung geändert habt, hä? Nur wegen dem Gerede von Jack? Er ist doch nicht mal von hier. Ich hab's euch doch schon tausendmal gesagt: Diese Goldmine wird uns Arbeitsplätze bringen und die Insel am Leben erhalten, genau wie die Lachsfarm damals.«

Niemand sagte ein Wort. Alle starrten ihn nur an. Michael Murphy sah die Ablehnung in ihren Augen und die wilde Entschlossenheit. Seine Stimme klang beinahe verzweifelt, als er fortfuhr: »Um Himmels willen, hab ich euch nicht gesagt, wir reparieren hinterher alles wieder? Ihr werdet den Unterschied gar nicht bemerken, das verspreche ich euch. Der Big Hill wird wieder derselbe sein, und jeder bekommt seinen Anteil am Gold, genau wie versprochen. Was wollt ihr denn noch?«

Da erhob Mister Barney die Stimme. »Aber ich gehe wohl recht in der Annahme, Mister Murphy, dass Sie einen größeren Anteil bekommen werden als alle anderen?«

Michael Murphy glühte vor Zorn. »Es ist ja auch mein Berg, oder nicht? Er gehört rechtmäßig mir, oder nicht? Und ich hab Geld dafür hingeblättert, dass die Bagger hier anrücken, also trage ich auch das Risiko. Ja, ich werde gut daran verdienen, aber das gilt für euch alle hier. Und ich hab keine Lust, mir hier die Beine in den Bauch zu stehen und mich mit einem alten Irren wie Ihnen herumzustreiten. Schert euch jetzt aus dem Weg!«

»Nein«, sagte Jessies Mutter entschieden. »Was willst du jetzt tun, Michael? Deine Leute auf uns hetzen? Du warst ja schon immer ein kleiner Tyrann, nicht wahr?«

Plötzlich brach Marion aus dem Kreis heraus und rannte weinend zu ihrem Vater. »Dad, bitte, bitte«, flehte sie und zerrte an seinem Arm, aber er würdigte sie keines Blickes. Stattdessen winkte er in Richtung der Bagger. Sofort wurden die Motoren wieder angelassen. Rauch drang aus den Auspuffrohren, die langen gelben Greifarme streckten sich und fuhren aus, die Schaufeln wurden herabgelassen, bereit zum Baggern.

Hoch droben in seiner Kabine erkannte der Fahrer des ersten Steinbeißers die Frau vor sich. Es war dieselbe Frau, die ihn angeschrien und gegen seinen Bagger getreten hatte. Der Junge war auch da, der amerikanische Junge, und daneben, Arm in Arm, das hinkende Mädchen. Er senkte die Baggerschaufel wie seine Kollegen, ein Auge auf Mr Murphy gerichtet, und wartete auf das Stopp-Signal. Der Plan war ganz klar gewesen. Sie sollten um die Leute herum graben und sich langsam immer mehr nähern, an der Erde vor ihren Füßen kratzen, gerade nahe genug, um ihnen Angst einzujagen. Aber der Plan funktionierte nicht. Ob sie nun Angst hatten oder nicht – sie würden nicht weichen. Keiner rührte sich auch nur einen Millimeter. Ein paar der Kinder weinten und wurden von ihren Eltern auf den Arm genommen und getröstet. Der

Fahrer dachte an seine eigenen Kinder, die zu Hause in Dublin auf ihn warteten, und was er da tun sollte, gefiel ihm nicht. Er würde es nicht tun. Er würde nicht weiterfahren.

Er wollte gerade nach dem Zündschlüssel greifen, als er sie aus den Augenwinkeln erblickte. Wie aus dem Nichts tauchten sie plötzlich auf: zwanzig, vielleicht dreißig Männer. Mit gezückten Schwertern marschierten sie durch den Kreis, aber irgendwie ohne ihn zu durchbrechen. Dann stapften ein paar von ihnen direkt auf ihn zu.

Der Baggerfahrer erkannte sofort, was sie sein mussten, auch wenn das doch in dieser Zeit unmöglich schien, vollkommen unmöglich: Piraten. Piraten wie den Abenteuerbüchern entsprungen, die er seinen Kindern abends vorlas. Sie hatten bauschige Kniebundhosen an und waren barfuß, ein paar trugen einen Vollbart und einer sogar eine schwarze Augenklappe.

Unaufhaltsam schoben sie sich vorwärts, zerschnitten mit den Schwertern die Luft und stießen einen solch durchdringenden Schlachtruf aus, dass es dem Fahrer ganz eiskalt den Rücken hinunterlief. Er konnte sich nicht bewegen. Er wollte weglaufen, aber die Angst fror ihn auf seinem Sitz fest. Er sah Hilfe suchend zu Michael Murphy hinüber, aber der stand selber nur da, den Mund entgeistert aufgerissen, und alles Blut war ihm aus dem Gesicht gewichen.

Auf einmal flatterte eine Fahne inmitten des Kreises, eine schwarze Flagge mit einem roten Schwein darauf. Neben der Flagge stand eine hoch aufgeschossene Frau mit einer wallenden schwarzen Haarmähne und einem Schwert in der Hand.

Die Piraten hatten seinen Bagger mittlerweile völlig umzingelt. Schon kletterten die Ersten zu ihm herauf. Einer packte den Knauf und riss die Kabinentür auf. »Wunderschönen guten Morgen«, sagte der Pirat. »Ob Sie wohl die Freundlichkeit hätten, für ein Weilchen auszusteigen?« Ein finsteres Lächeln prangte auf seinem Gesicht. Er hatte nur ein paar Zähne, und die wenigen, die er hatte, sahen aus wie gelbe Klauen. »Raus«, sagte er.

Der Baggerfahrer zögerte nicht mehr und seine Kollegen auch nicht. Jeder Steinbeißer wurde von Piraten belagert. Hastig kletterten sie daran hoch, schwenkten übermütig die Schwerter und stießen ein ohrenbetäubendes Triumphgeheul aus.

Michael Murphy und seine uniformierte Armee waren von Piraten umgeben, die sie mit der Schwertspitze kitzelten, unter den Armen, unter dem Kinn, dass ihnen davon der kalte Angstschweiß ausbrach.

Dann ergriff die Frau neben der Flagge das Wort. »Ruhig, Jungs, ganz ruhig ... Wir wollen ihnen doch keinen Schrecken einjagen, oder? Na ja, einen kleinen Schrecken vielleicht doch, aber nicht so, dass es wehtut, nicht wahr?« Sie wandte sich an Mister Barney. »Hallo, Mister Barney, wie geht es Ihnen heute?«

Mister Barney versuchte etwas zu sagen. Seine Lippen bewegten sich, aber es kam kein Ton heraus.

»Mister Barney kennt mich bereits – wir haben uns schon mal gesehen – und Jess und Jack kennen mich auch.« Sie lächelte Jessie an, dann blickte sie in die Runde. »Wenn ich mir eure Gesichter so anschaue … Sieht so aus, als würden sich einige von euch fragen, wer wir sind. Also gut, ich sag's euch. Mein Name ist Grania O'Malley. Und das sind meine Männer, meine Jungs. Das hier ist unsere Insel. Der Berg, auf dem ihr steht, gehört uns – mir und meinen Vorfahren, mir und meinen Nachfahren. Und ihr«, fuhr sie fort und schwang dabei das Schwert im Kreis, »ihr seid alle meine Nachfahren. Auch du, Michael Murphy, und du solltest dich wirklich was schämen.« Sie zeigte mit dem Schwert auf ihn. »Niemand kann das Land besitzen, Michael Murphy. Man kümmert sich darum, man bewahrt es für diejenigen, die nach einem kommen, das ist alles. Kannst du das nicht verstehen? Und deswegen werde ich nicht zulassen, dass ihr diesem Berg den Kopf abschlagt und ihm das Herz herausreißt, ob für einen Pott voll Gold oder sonst irgendwas.«

Jessie wäre am liebsten zu ihr gerannt und hätte sich vor lauter Erleichterung und Liebe in ihre Arme geworfen.

»So wie ich das sehe, Michael Murphy«, fügte Grania O'Malley hinzu, »haben die guten Leute von Clare Island eine Menge über die Sache nachgedacht. Manche sind vielleicht langsamer zur Vernunft gekommen als andere, aber was soll's. Sie haben entschieden, dass sie möchten, dass du verschwindest und deine Maschinen gleich mitnimmst. Sie wollen den Big Hill so behalten, wie er ist. Sie haben dich höflich gebeten

– ich hab es gehört. Aber du wolltest nicht auf sie hören. Wenn du es getan hättest, dann wäre es gar nicht erst nötig gewesen, dass ich daherkomme und meine Piratennase da reinstecke, hab ich Recht? Aber so, wie die Sache jetzt steht, muss ich ihnen ein bisschen unter die Arme greifen.« Und mit einem Augenzwinkern in Jessies Richtung sagte sie: »Schätze, das wird dir gefallen, Jess.« Dann peitschte sie mit ihrem Schwert durch die Luft und schwang es über dem Kopf. »Los, Jungs. Ihr wisst, was ihr zu tun habt. Aber passt schön auf, ja?«

Alle Motoren sprangen gleichzeitig an. Jeder Bagger hatte nun eine Mannschaft aus Piraten – einer war in der Kabine, mehrere andere saßen mit baumelnden Beinen seitlich davon. Grania O'Malley nahm ihre Flagge und stapfte vorwärts. »Auf diesen Augenblick haben sie schon gewartet, seit ihnen diese Maschinen das erste Mal unter die Augen gekommen sind. Im Grunde ihres Herzens sind sie alle kleine Jungen geblieben, richtige kleine Kinder.«

Die Steinbeißer setzten sich in Bewegung, jeder besetzt mit einer Traube von Piraten, die sich an allem festklammerten, was sie finden konnten. Im Handumdrehen standen alle Bagger in einer Reihe, das Gesicht den Klippen zugewandt. Die Motoren heulten auf, steigerten sich auf immer höhere Drehzahlen, bis das Dröhnen ohrenbetäubend war; und dann stürzten sie wie von der Leine gelassene Hunde über Unterholz und Steinbrocken vorwärts und lieferten sich ein Hals-über-Kopf-Rennen mit den Klippen als Ziel. Die Piraten hechteten aus den Kabinen nach draußen, und diejenigen, die sich seitlich festgeklammert hatten, sprangen nach rechts und links ab und rollten ins Farnkraut. Alle Inselbewohner eilten neugierig zu den Klippen. Jessie kam gerade rechtzeitig an, um zu sehen, wie der erste Steinbeißer über die Felskante hinausschoss und sich in der Luft überschlug. Wenige Augenblicke später folgten ihm die restlichen Bagger.

Jack hoffte auf große Explosionen, aber es gab keine. Stattdessen ertönte viermal hintereinander ein mächtiges Platschen, gefolgt von jeder Menge Gedampfe und Gezische, als die Bagger im Meer landeten und langsam versanken.

Es dauerte ein paar Sekunden, bis alle begriffen hatten, was gerade passiert war, und zu jubeln anfingen. Und der Jubel war ohrenbetäubend. Alle hüpften auf der Stelle auf und ab und umarmten sich gegenseitig, alle außer Michael Murphy und seiner blau-orangefarbenen Armee.

Jessie wurde von den Beinen gerissen und im nächsten Augenblick hochgehoben und durch die Luft gewirbelt, immer wieder im Kreis herum, bis ihr ganz schwindlig wurde und sie darum bat, wieder abgesetzt zu werden. Grania O'Malley stellte sie vorsichtig auf die Füße und hielt sie bei den Schultern, damit sie nicht umfiel. »Ich glaube«, sagte Grania O'Malley, »ich glaube, der Feind hat entschieden, dass er genug hat. Schau mal.«

Und tatsächlich: von Michael Murphy keine Spur mehr, und auch nicht von seinen blau uniformierten Sicherheitsleuten und den Fahrern in ihren orangefarbenen Overalls. Die Schlacht war vorbei – noch bevor sie begonnen hatte.

Einer nach dem anderen kamen die Piraten aus allen Richtungen herbei und versammelten sich um Grania O'Malley. Einer sagte, er habe sich in seinem Leben noch nie so gut amüsiert – und danach auch nicht, fügte er lachend hinzu. Grania O'Malley sprach mit Jessies Mutter und Mister Barney. Alle anderen, fiel Jessie auf, blieben auf Abstand von ihr. Sie standen in Grüppchen zusammen und tuschelten miteinander, die Augen vor Angst und Verwunderung weit aufgerissen.

»Tja, dann braucht ihr uns ja jetzt wohl nicht mehr«, sagte Grania O'Malley. »Wir gehen besser. Kein vernünftiger Geist bleibt länger, als er erwünscht ist. Wo ist denn jetzt deine Tochter? Und Jack?« Sie drehte sich um, sah die beiden und breitete die Arme aus. Ob es Jack passte oder nicht – und da war er sich wirklich nicht sicher –, er wurde einfach von zwei kräftigen Armen in die Zange genommen und mächtig umarmt. »Grüß mir Amerika, wenn du es wiedersiehst, Jack«, sagte Grania O'Malley. »Vielleicht komme ich dich eines Tages besuchen. Na, wie klingt das?«

»Großartig«, erwiderte Jack. »Ich kenne jede Menge Leute, die dich sicher gern kennen lernen würden.«

»Mal sehen, mal sehen«, sagte Grania O'Malley. Sie lächelte traurig zu Jessie hinunter. »Alles Gute hat einmal ein Ende, Jessie. Tu mir den Gefallen und pass gut auf das alles hier auf, ja?« Sie beugte sich vor, schlang die Arme um Jessie und drückte sie an sich. Jessie klammerte sich fest an sie. »Wir sehen uns«, flüsterte Grania O'Malley. Und dann, ganz plötzlich, war niemand mehr da, an den sich Jessie klammern konnte. Grania O'Malley war verschwunden und mit ihr alle Piraten.

Sie standen immer noch da, völlig verblüfft von all dem, was sie gesehen und erlebt hatten, als Marion Murphy Jessie plötzlich am Arm packte und aufs Meer hinaus zeigte. Das Seeräuberschiff schob sich mit vollen Segeln durch die dunstumhüllte See in Richtung Clew Bay und Rockfleet Castle in der Ferne. Rhythmisch tauchten die Ruderblätter ein, alle zugleich. Grania O'Malley stand am Bug, die flatternde Flagge über dem Kopf, die Hand zu einem Abschiedsgruß erhoben. Langsam verschwand das Schiff im Nebel, bis nichts mehr davon zu sehen war.

Jessie spürte Jack neben sich. »Wir werden sie nie wieder sehen, stimmt's?«, fragte sie.

»Bei ihr weiß man nie«, erwiderte er.

»Sie hat gesagt, ich soll dir das hier geben«, sagte Jessie, nahm seine Hand und legte ihm die Pfeilspitze in die offene Handfläche.

»Wo ...? Wo hat sie sie gefunden?«

Jessie zuckte mit den Schultern. »Hat sie nicht gesagt.« Sie hielt es für besser, das Thema zu wechseln, bevor er ihr noch mehr Fragen darüber stellen konnte. »Wir haben es geschafft, stimmt's?« Sie sah lächelnd zu ihm hoch. »Wir haben den Big Hill gerettet.«

Aber Jack drehte sich weg und sah aufs Meer hinaus. »Ich will nicht nach Hause«, sagte er. »Ich will nie mehr nach Hause zurück.«

»Du musst doch auch nicht, jedenfalls noch nicht jetzt«, sagte Jessie. »Du hast noch drei Wochen.«

Mrs Burke tauchte barfuß neben ihnen auf, ihre Schuhe baumelten von ihrem Finger. »So so, Jessie Parsons«, sagte sie. »Du kannst also doch auf den Big Hill hochklettern, und ich werde ganz schön Buße tun müssen, was? Zur Strafe werde ich dir hundert Zeilen schreiben, und weißt du, was da stehen wird? ›Es gibt mehr Ding' im Himmel und auf Erden, als Eure Schulweisheit sich träumt, Mrs Burke.‹ Das ist von Shakespeare, weißt du«, fügte sie mit einem Lächeln hinzu. Und da fiel Jessie ein, wie Grania O'Malley ihr etwas von Shakespeare zitiert hatte, und sie versuchte sich an den Wortlaut zu erinnern. Einen Augenblick später sprach sie es laut aus.

»›So süß ist Trennungswehe‹ – das ist auch von Shakespeare.«

»In der Tat«, sagte Mrs Burke, die Augen vor Verwunderung weit aufgerissen, »in der Tat.«

Nach der »Schlacht gegen die Steinbeißer«, wie das Ereignis später genannt wurde, war Mrs Burke wie verwandelt. Sie beendete das Schuljahr einen Tag zu früh – »kraft einer Verfügung«, sagte sie, »kraft der Burke-Verfügung« – und dagegen wandte natürlich niemand etwas ein. Also blieben Jack beinahe drei Wochen zum Baseballspielen und Rollerbladen und Clatterbang-Reparieren. Am glücklichsten war er, wenn er mit Jessie plaudern konnte, die Hände tief in Clatterbangs offenem Motorraum vergraben, und zu reparieren versuchte, was nicht mehr zu reparieren war.

Marion kam nun ziemlich oft zu Besuch. Wirklich merkwürdig, dachte Jessie, wie brennend sich Marion Murphy auf einmal für Vergaser und Auspuffanlagen und Bremsbeläge interessiert – wirklich sehr merkwürdig! Sie brachte es nicht über sich, Marion wirklich zu mögen, aber zumindest hatte sie jetzt keine Angst mehr vor ihr.

Wie sehr sie es sich auch gewünscht hätten, weder Marion noch Jessie konnten Jack ganz für sich allein haben. Alle anderen wollten ihn auch sehen – auf dem Baseballfeld, vor allem, jetzt, wo die Fanghandschuhe und die New-York-Yankee-Mützen aus Amerika angekommen waren, und mit ihnen ein echter Baseball-Ball.

Für die Presse war die Big-Hill-Geschichte natürlich ein gefundenes Fressen. Aus aller Welt strömten Journalisten herbei. Clare Island wurde als die »Geisterinsel« bekannt. Jeder wusste seine ganz eigene Geschichte zu erzählen. Scharenweise kamen Touristen zur Geisterjagd nach Clare Island und machten Trekkingtouren auf den Big Hill hinauf. Aber ob Reporter oder Touristen – sie alle fuhren enttäuscht wieder ab, vereint in der Schlussfolgerung, die Inselbewohner hätten sich verschworen, ihnen einen Bären aufzubinden: Es habe gar keine Piraten gegeben, die Inselbewohner selbst hätten sich als Piraten verkleidet, die Baggerfahrer eingeschüchtert und dann die Steinbeißer über die Klippen gekippt. Mit der Zeit begannen dann einige der Inselbewohner selber am Wahrheitsgehalt ihrer Erinnerungen zu zweifeln.

Es gab ein letztes Baseballspiel auf dem Spielplatz – die »Piraten« (die Kinder, darunter auch Jack und Liam und Marion) gegen die »Steinbeißer« (die Erwachsenen, darunter Jessies Vater, Pater Gerald und Miss Jefferson). Die »Piraten« gewannen, aber nur, weil Jack vier *Homeruns* schaffte und den Ball so kräftig schlug, dass die »Steinbeißer« ihn kaum je zu Gesicht bekamen. 4:0 lautete das Ergebnis. Und das war, wie Pater Gerald bemerkte, genau das gleiche Ergebnis wie nach der Schlacht gegen die echten Steinbeißer.

Nach dem Spiel gab es auf dem Platz ein Grillfest nach amerikanischer Barbecue-Art, mit gebratenen Hähnchen und Burgern und Cola – und Erdnussbuttersandwiches. Fast alle waren anwesend und es regnete auch nicht. Selbst Mister Barney war gekommen. Alle schauten zu und klatschten, als er die allererste Cola seines Lebens trank. Danach sagte er, das würde auch seine allerletzte bleiben, eindeutig. Wie Brackwasser schmecke das Zeug, wie Brackwasser mit Zucker versetzt; aber es brachte ihn auf eine Idee, eine wunderbare Idee. Die würde er so lange für sich behalten, nahm er sich vor, bis er alles unter Dach und Fach hatte.

Am nächsten Tag kam Mister Barney genau wie alle anderen zum Kai, um Jack zu verabschieden. Jessie hatte darauf bestanden, mit ihrer Mutter nach Shannon zum Flughafen zu fahren. Es war ein grauer Tag mit Nieselregen und hohen Wellen und die Hauptinsel war im Nebel kaum zu sehen. Er müsse die »Piraten« weiter am Laufen halten, schärfte Jack Liam ein, müsse sie trainieren lassen, denn er würde wiederkommen. Und Jessie wusste, dass das nicht einfach so dahingesagt war.

Zum ersten Mal in seinem Leben wusste Liam offenbar nicht, was er sagen sollte. Marion umarmte Jack nur hastig und rannte dann weg.

Jessies Vater dankte ihm für alles, was er getan hatte, und für die Reparaturen an Clatterbang. »Ich kann nicht behaupten, dass er jetzt sehr viel besser läuft, Jack«, sagte er, »denn dafür bräuchte es schon ein Wunder, und wir haben in der letzten Zeit wohl so ziemlich alle Wunder aufgebraucht, die uns zustehen, was? Aber der Auspuff hört sich anders an, das auf jeden Fall. Kräftiger.«

Als die Fähre sich langsam aus dem Hafen in das rauere Wasser des offenen Meeres schob und die Abschiedsrufe im Wind verhallten, wünschte Jessie sich langsam, sie wäre doch zu Hause geblieben. Jack wirkte so in sich gekehrt. Immer wieder drehte er die Pfeilspitze in den Händen und er schaute kaum einmal hoch.

Sobald sie auf der Hauptinsel waren, setzten sie sich schweigend nebeneinander auf den Rücksitz von Clatterbang. Jessie hatte noch so viel zu sagen, aber sie brachte kein Wort heraus. Ab und zu trafen sich ihre Blicke, und dann versuchten sie zu lächeln, aber sie schafften es nicht. Innerlich weinte Jessie längst schon. Sie hoffte nur, sie würde wenigstens ein

Lächeln zustande bringen, wenn es ans Abschiednehmen ging.

Auf dem Flughafen von Shannon mussten sie erst noch einen kurzen Schrecken überstehen, als sich am Abflugschalter herausstellte, dass Jacks Pass verschwunden war, doch dann fand Jessies Mutter ihn in einer Seitentasche seines Gepäcks. »Schade eigentlich«, sagte sie und lächelte wehmütig. »Fast hätten wir alle wieder heimfahren und uns ein paar Erdnussbuttersandwiches und Cola gönnen können. Wir werden dich so vermissen, Jack. Richte deinem Dad ganz liebe Grüße aus, ja?« Sie drückte Jack fest an sich. »Gott beschütze dich.«

Jack setzte Jessie seine Baseballmütze auf, rückte sie im richtigen Winkel mit dem Schirm zur Seite hin und sagte: »Wir sehen uns wieder, Jess.« Damit ging er ein paar Schritte rückwärts. »Ich schreib dir«, rief er noch, winkte einmal und dann war er weg. Und sie hatte ihm nicht mal sagen können, was sie hatte sagen wollen – dass sie hoffte, sein Vater würde wieder gesund werden.

Er schrieb tatsächlich, aber nicht so bald. Jessie sah jedes Mal die Post durch, sobald sie kam, aber es dauerte mehr als einen Monat, bis Jacks Brief schließlich da war. Hastig riss Jessie den Umschlag auf und las:

Liebe Jess,

es war großartig bei euch. Und ich hab den besten Freund gefunden, den ich je haben werde – und ich meine damit nicht Liam oder Marion. Sie sind schon okay, aber ich meine dich.

Bist du sicher, dass das da oben auf dem Big Hill wirklich passiert ist? Jetzt, wo ich wieder zu Hause bin, denke ich manchmal, dass alles nur ein einziger verrückter Traum war. Aber das war es nicht, stimmt's? Ich bin froh, dass nicht nur du und ich sie gesehen haben – sie und ihre Piraten. Ich schätze, wenn alle anderen sie auch gesehen haben, dann ist es wirklich passiert, oder?

Die Pfeilspitze hab ich immer noch – aber es ist gar nicht meine, stimmt's? Am Anfang dachte ich, es wäre meine, aber meine hatte oben so eine Kerbe. Aber dann bin ich draufgekommen. Sie gehört Grania O'Malley, richtig? Sie hat sie dir gegeben und du hast sie mir gegeben, und du musstest so tun, als wäre es meine Glückspfeilspitze, die, die ich verloren hatte. Also, wenn du Grania O'Malley siehst, sagst du ihr dann danke von mir, und dass ihre Pfeilspitze mir sehr viel mehr Glück gebracht hat als meine eigene? Als ich noch meine hatte, ist Dad immer kränker und kränker geworden. Aber jetzt, nach seiner Operation, geht's ihm sehr viel besser, und es wird jeden Tag noch besser. Er lächelt wieder. Er sagt, seine neue Herzklappe sei ein richtiges Kunstwerk und besser als jedes Ersatzteil, das ich in meinen VW Käfer eingebaut hab. Das nenn ich Glückspfeilspitze!

Seit der ganzen Sache mit dir und dem Schatz und dem Big Hill und so glaube ich nicht mehr dran, dass die Dinge einfach so passieren. Ich glaube, wir tragen dazu bei, dass sie passieren. Ich möchte, dass du nächstes Jahr herkommst, nach Long Island. Ich hab Dad gefragt und er hat nichts dagegen. Ich zeig dir meinen VW Käfer. Okay, ich weiß schon, dass er dich nicht so wahnsinnig interessiert, aber ich zeig ihn dir trotzdem. Wir gehen segeln und ich nehme dich mit zum Rollerbladen in den Central Park. Aber ich kann dir nicht versprechen, dass wir irgendwelche Geister sehen.

Neulich hab ich Mrs Cody – das ist meine Lehrerin, weißt du noch? – erzählt, dass ich in den Ferien herausgefunden hab, dass die Iren als Erste hier waren, dass eine irische Piratenkönigin namens Grania O'Malley als Erste ihren Fuß auf den nordamerikanischen Kontinent gesetzt hat und nicht die Holländer oder die Franzosen oder die Briten. Sie hat gesagt, das wäre alles nur Wunschdenken – läge an dem irischen Blut in meinen Adern. Von Grania O'Malley hatte sie noch nie gehört. Eines Tages werde ich es beweisen, nicht nur ihr, sondern allen, und dann können sie nichts mehr dagegen sagen.

Ich hoffe, du kommst jetzt mit Marion klar – sooo schlimm ist sie doch gar nicht, oder? Grüß deine Eltern und Liam und die anderen Jungs. An dich natürlich auch liebe Grüße – und an Mole und deinen stinkigen alten Hund.

Alles Liebe,
Jack

Jessie setzte sich sofort an den Tisch und schrieb einen Antwortbrief, auf Miss Jeffersons Computer, auf dem sie seit einiger Zeit übte und an dem ihr das Schreiben viel leichter fiel als mit der Hand.

Lieber Jack,

danke für deinen Brief. Seit du weg bist, ist hier einiges passiert. Du wirst es nicht glauben. Es geht um den Big Hill. Es war Mister Barneys Idee. Mein Dad hat ihn (und mich) zu Marions Dad gefahren, weil der als Einziger das nötige Geld hat, um alles auf die Beine zu stellen, und weil Mister Barney sagt, man kann ihm nicht für ewige Zeiten böse sein, schließlich waren alle irgendwie schuld, nicht nur Mister Murphy. Jedenfalls – wir waren bei ihm. Am Anfang war er nicht gerade begeistert. Aber dann hat Mister Barney ihm seinen Plan erklärt und da ist er mit jeder Minute freundlicher geworden.

Mister Barney hat gesagt, er hätte viel über die Cola nachgedacht und dass alle Leute auf der Welt sie anscheinend lieben, obwohl sie so scheußlich schmeckt. Und dann ist da das beste und reinste Wasser von der Welt, das ohne bestimmtes Ziel vom Big Hill heruntersprudelt. »Wie wär's, wenn wir eine Abfüllstation bauen und es flaschenweise verkaufen?«, hat er gesagt. »Wir nennen es ›Grania‹. Wir drucken ihr Bild aufs Etikett und verkaufen das Wasser auf der ganzen Welt.« Damit würde die ganze Insel eine Menge Geld verdienen, auch Mr Murphy, und Arbeitsplätze und so weiter gäbe es auch, und wir müssen dafür keinen einzigen Stein vom Big Hill entfernen.

Mr Murphy hat ihm einen Whisky angeboten, aber Mister Barney sagte, er hätte lieber ein Glas Wasser, davon würde man länger leben. Ich werde den Gedanken nicht los, dass Grania O'Malley ihm die Idee eingegeben haben muss. Schließlich hat sie doch auch alles andere gemacht, oder? Ich schick dir eine Flasche »Grania«, sobald die Abfüllanlage läuft – voraussichtlich ab nächstem Frühjahr, sagt Dad.

Immer noch kommen ständig Leute nach Clare Island, um Geister zu finden. Letzte Woche waren sogar ein paar Amerikaner da. Sie kamen genau richtig zur Teezeit, also haben wir ihnen den Rest Erdnussbutter angeboten. Schien ihnen nicht besonders zu schmecken. Sie haben mir jede Menge Fragen gestellt und haben ein Diktiergerät mitlaufen lassen. Später haben sie uns erzählt, sie wären aus Los Angeles und würden Filme machen. Sie wollen einen Film drehen über Grania O'Malley und den Big Hill, und wenn es so weit ist, drehen sie hier auf der Insel. Dad sagt, das sind alles nur Luftschlösser. Weißt du noch, wie sich Grania O'Malley in Luft aufgelöst hat?

Mole und Panda schicken dir liebe Grüße, und Mum und Dad auch (und Marion natürlich) und ich auch. Und ja, ich komme gern nach Long Island, solange ich mir die Hände nicht ölig machen muss, wenn du weißt, was ich meine. Mum sagt, der Flug ist ziemlich teuer, also komme ich viel-

leicht mit dem Schiff und überrasche dich. Du weißt ja, hier gibt's eine Frau, die das schon mal gemacht hat, die kennt den Weg sicher. Ich frag sie dann das nächste Mal, wenn ich sie sehe, ja?

Bis bald.
Alles Liebe, Jessie

PS: Ich hab sie seitdem nicht mehr gesehen, aber sie war hier. Als ich letzten Sonntag Barrys Wasser ausgewechselt habe, waren meine zwei Ohrringe unter den Steinen. Ich trage sie ständig. Dad sagt, ich schaue damit aus, als sei ich eine Million Dollar schwer. Und er hat Recht.

Nachwort
Grania O'Malley und Clare Island

Von allen Figuren in diesem Buch ist Grania O'Malley die einzige, die *wirklich* gelebt hat. Sie war eine Piratenkönigin, die über viele Jahre hinweg die Küste von Mayo und Galway und die Clew Bay im Besonderen beherrschte. In ihrem langen Leben – sie lebte von 1530 bis 1603 – hatte sie viele Schiffe, viele Burgen (darunter eine auf Clare Island und eine in Rockfleet, die es beide bis heute gibt) und viele Ehemänner.

Die Engländer nannten sie Grace O'Malley, die Iren Grany O'Malley – was Grania ausgesprochen wird. Sie hatte tatsächlich einen Sohn namens Tibbott, der tatsächlich von den Engländern ins Gefängnis geworfen wurde. Und sie ist tatsächlich nach Greenwich, London gefahren, um Königin Elisabeth um seine Freilassung zu bitten. Also haben sich die beiden Piratenköniginnen tatsächlich kennen gelernt. Niemand weiß, was zwischen ihnen vorgefallen ist, aber einige Monate später wurde Tibbott freigelassen.

Es gab auch ein Armada-Schiff, das 1588 vor Clare Island Schiffbruch erlitt, und es hatte tatsächlich einen Schatz an Bord.

Im April 1994 bin ich mit meiner Frau auf Clare Island gewesen. Wir haben nicht den Schatz gesucht, sondern wollten den Ort sehen, an dem Grania O'Malley gelebt hat.

Wir trafen auf freundliche Leute, die uns aus dem strömenden Regen ins Haus baten, uns zu essen gaben und uns bei unseren Recherchen halfen. Viele von ihnen heißen mit Nachnamen O'Malley.

Wir haben den »Big Hill« gesehen, wie sie ihn nennen. Wir waren in der verfallenen Abtei. Wir haben Grania O'Malleys Grab gesehen. Es gibt da eine Schule ganz in der Nähe. Wir haben Grania O'Malleys Burg besucht. Wir haben gehört, auf der benachbarten Insel Inishturk sei Gold gefunden worden. Wir haben erlebt, dass Grania O'Malleys Geist noch heute auf der Insel lebendig ist. Deswegen bin ich wieder nach Hause gekommen und habe diese Geschichte geschrieben.

Natürlich gibt es keinen der Inselbewohner, der in dem Buch erwähnt wird, wirklich. Aber die Insel schon. Und was Grania O'Malley betrifft – sie ist so wirklich wie du und ich, so wirklich, wie man sie selber haben will.

Michael Morpurgo, im September 1995